LOS VIGÍAS DEL MUELLE DE PROVINCETOWN

Por

Raphaël L. Marly

Agradecimiento

A ti, mi querida Mélanie, a ti, Rémi, mi niño, y a mis nietos, Marcel y Alba—a pesar de la distancia que nos separa, desde Francia hasta Canadá.

Este libro, aunque teñido de sombras, es también un homenaje a nuestro lazo irrompible. Que cada palabra les recuerde que, incluso estando lejos unos de otros, el amor y la conexión siempre nos unen, y los recuerdos que compartimos siguen iluminando nuestros pensamientos

David Sinclair

Apariencia: Un oficial de policía de Boston, de aspecto rudo y atractivo, de entre treinta y cuarenta y pocos años. Tiene el cabello oscuro y corto, y unos ojos azul-grisáceos que siempre parecen cargados de tensión. Su mandíbula firme casi siempre está cubierta por una barba de varios días. Su rostro lleva las huellas del cansancio tras noches sin dormir, atormentado por la verdad. Viste un largo abrigo oscuro frecuentemente húmedo por el rocío del mar, una camisa desgastada y guantes de cuero curtidos por años de escenas del crimen. Su presencia impone, pero hay un halo melancólico constante en su expresión.

Personalidad: Inteligente, decidido y meticuloso. Está obsesionado con los casos sin resolver y persigue la verdad con una intensidad implacable. Aunque es agudo y perceptivo, la carga de lo que ha descubierto lo abruma. El mar lo atrae de una forma inexplicable, como si le hablara en susurros sobre secretos que apenas puede comprender.

Clara Voss

Apariencia: Una mujer impresionante, de unos treinta años, con piel pálida como si hubiera sido esculpida por el mar, y un largo cabello negro como tinta que cae sobre sus hombros. Sus intensos ojos verdes brillan con una inteligencia oculta, y su boca suele dibujar una sonrisa enigmática. Bajo su oreja izquierda tiene un tatuaje azul eléctrico en espiral, hecho de sílice y sangre de tiburón. Viste con sencillez: un suéter oscuro de cuello alto, botas resistentes y un abrigo largo que parece flotar como una sombra.

Personalidad: Investigadora brillante obsesionada con los misterios del océano, tanto científica como mística. Extremadamente independiente, no le teme a lo desconocido. Su intuición es aguda, y su fascinación por las leyendas marítimas y desapariciones la ha llevado a terrenos peligrosos. Abraza el abismo con curiosidad temeraria. Incluso después de su muerte, su presencia persiste — guiando, advirtiendo, susurrando desde las profundidades.

Dr. Silenus

Apariencia: Un patólogo forense anciano y delgado, con facciones angulosas como un cangrejo arrastrado por la marea. Sus ojos hundidos observan a través de unas gafas redondas y constantemente empañadas. Su piel es tan pálida que parece translúcida bajo la luz fluorescente. Sus dedos largos y nudosos siempre están cubiertos por guantes de látex. Lleva una bata de laboratorio manchada con tinta y sal marina, lo que aumenta su aire inquietante.

Personalidad: Críptico, excéntrico y ligeramente perturbador. Habla en acertijos y tiene un extraño sentido poético al hablar de la muerte. Su obsesión con la descomposición roza lo mórbido. Encuentra belleza en la podredumbre y considera cada autopsia como la traducción de un lenguaje olvidado. Su curiosidad macabra lo convierte en una figura incómoda, pero extrañamente indispensable.

Jake Morrow

Apariencia: Un curtido pescador albino con un rostro marcado por el viento, los años y la sal. Sus ojos son grises como una tormenta. Su piel está llena de cicatrices que cuentan historias de batallas contra el mar. Viste un viejo suéter de lana, una gorra marinera desgastada y un collar de dientes de cachalote tallados con runas. Sus manos encallecidas muestran cicatrices perladas, y evita el contacto visual — siempre mirando hacia el horizonte.

Personalidad: Arisco y supersticioso, se expresa con frases breves y cargadas de significado. Desconfía de los forasteros. Cree que el océano guarda memoria de todos los crímenes cometidos contra él, y que sus fantasmas caminan entre los vivos. Sabe más de lo que dice, pero se niega a compartirlo todo. Algunos conocimientos, advierte, deberían permanecer enterrados bajo las olas.

Evan Grey

Apariencia: Un hombre encantador pero inquietante de mediana edad, siempre impecablemente vestido con trajes hechos a medida y una corbata de piel de anguila. Su cabello oscuro está peinado hacia atrás, revelando una frente marcada, y su rostro cincelado desprende una elegancia demoníaca. Sus ojos fríos y calculadores muestran una ambición sin límites. Su sonrisa, siempre presente, es la de alguien que sabe más de lo que dice.

Personalidad: Un empresario despiadado y manipulador. Ve el mundo como una serie de activos y oportunidades. Bajo su fachada carismática se esconde una inteligencia sin escrúpulos. Está obsesionado con los secretos del mar, pero solo como recursos para explotar. Está más involucrado en operaciones marítimas ilegales de lo que nadie imagina.

Lila Goode

Apariencia: Una mujer solitaria de unos treinta y pocos años, con ojos color ámbar profundos, mejillas hundidas y una melena castaña enredada con mechones grises. Viste con ropa gruesa y descolorida — suéteres de lana y faldas largas — como si siempre sintiera frío. Sus dedos, manchados de tinta, tiemblan ligeramente al hablar. Su voz es baja, como un susurro traído por la marea.

Personalidad: Marcada por el duelo y la sabiduría. Fue investigadora de mitología oceánica y frecuencias místicas, pero se retiró tras la desaparición de Clara. Es una guardiana de verdades olvidadas, renuente a compartirlas, pero tampoco capaz de negárselas a quienes realmente buscan. Su vínculo con Clara está lleno de pena y reverencia.

Anaïs

Apariencia: Una niña solemne y casi etérea, de no más de doce años, con ojos color espuma de mar que parecen brillar en la oscuridad. Su cabello rizado siempre está húmedo. Es delgada y se mueve con una gracia inquietante, como si escuchara algo que los demás no pueden oír. Viste una simple túnica blanca gastada y un abrigo de pescador demasiado grande para ella.

Personalidad: Enigmática, con una sabiduría más allá de su edad. Habla con frases sueltas y canta melodías antiguas como si estuviera llamando a las olas. Su origen es incierto. Aparece y desaparece como un espectro, dejando advertencias y secretos olvidados. No está claro si es totalmente humana.

Contents

Capítulo I
Las letanías de la orilla perdida

I. Preludio a los murmullos del mar

Provincetown despertaba en el crepúsculo lechoso del alba marina, su armazón de madera torcido por siglos de mareas. Los pilotes del muelle, restos esqueléticos roídos en las junturas por percebes, exhalaban un lamento ancestral con cada caricia de las olas. Me mantenía sobre ellos como un equilibrista de las mareas, escuchando el llamado de Atlántidas hundidas en el chapoteo de las amarras. Las fachadas cerradas murmuraban leyendas de proas destrozadas, sus listones marcando el ritmo fúnebre de las despedidas inconclusas. Un cielo otoñal, un lienzo de Turner manchado con lágrimas celestiales, desplegaba sus nubes opalinas en cortinas melancólicas, indiferente a los sollozos ahogados que ascendían desde la orilla.
David Sinclair inhaló el aire, denso de sal y silencio. Su mirada acerada, afilada por tempestades urbanas, escudriñaba el horizonte, buscando en la niebla fugaz el contorno de la verdad. ¿Huir de Boston?, pensó, con una amargura como alga seca en la comisura de los labios. Las ciudades portuarias guardan a sus muertos como caracolas preciosas, pulidas en los huecos de calas secretas y ofrecidas como tributo a las deidades de las profundidades turbias. Su abrigo, empapado de salitre, se le pegaba a la piel como una segunda conciencia, pesado con los restos de naufragios íntimos que había arrastrado desde las entrañas de Back Bay. El viento trazaba jeroglíficos efímeros en las dunas—un alfabeto en movimiento, revelando en filigrana el enigma de Clara Voss.

II. La geografía de las sombras

La playa se extendía en una curva fatigada bajo la mirada pálida del faro. Su arena dorada estaba manchada de algas negras, como estigmas. Clara yacía en el hueco de una ensenada rocosa que los viejos marineros llamaban "la cuna de Tetis". Un cuerpo ofrecido como oblación a los dioses del abismo. La muerte, vestida con su atuendo más majestuoso, presentaba un aspecto sobrecogedor. Su largo cabello negro se derramaba a su alrededor, sus pestañas adornadas con gotas de sal que brillaban como mica, y sus labios entreabiertos contenían un último misterio, sellado en el abismo. David se inclinó, su corazón latiendo al ritmo sincopado de las olas apagadas.

—Mira sus manos —murmuró el Dr. Silenus, el forense, con el aire de un cangrejo gigante varado en la orilla. Sus dedos enguantados de látex rozaron con delicadeza los dedos de Clara—. Callos de escriba… Todavía sostenía una pluma cuando la marea la atrapó.

Señaló su dedo índice derecho, ligeramente curvado, donde quedaba la huella fantasmal de una pluma. David vio, en las sombras parpadeantes, noches en vela—Clara inclinada sobre grimorios de naufragadores, descifrando los silencios entre las líneas de antiguos cuadernos de bitácora. Un súbito perfume de sándalo y tinta azul flotó en el aire, como un recuerdo fugaz de sus vigilias solitarias.

—No hay rastro de violencia —continuó el forense, acariciando su nuca blanca como el mármol—. Pero este símbolo…

Su dedo tembloroso señaló una espiral azul eléctrica bajo su oreja izquierda, un tatuaje reciente cuyos remolinos parecían enrollarse alrededor de las corrientes submarinas.
—La tinta contiene partículas de diatomeas, pero también… —inhaló la herida con un deleite inquietante, provocando un escalofrío en David—… sangre de tiburón. Curioso, ¿no? Estas quimeras de tinta y sal…
El mar lamía suavemente la roca, como acunando su último sueño. David miró hacia el faro, cuya luz pálida pintaba ideogramas fugaces sobre las olas. Se preguntó si esos glifos eran mensajes para almas atormentadas o simples caprichos de la niebla.

III. El coro de los silenciosos

La playa bullía con una multitud ecléctica, compuesta tanto por vivos como por espectros. Esther Blackwood se acercó, una valquiria de archivos olvidados, sus ojos verde mar escudriñando el horizonte como escáneres abisales.

—Buscaba fracturas en el tiempo, teniente. Las grietas donde las verdades inquietantes se hunden y desaparecen. Sus dedos enguantados, encaje negro manchado de tinta, acariciaban el cuaderno de Clara con ternura funeraria.

Detrás de ella, Jake Morrow jugueteaba con un collar de dientes de cachalote, un pescador albino con palmas marcadas por cicatrices perladas. Su mirada evitaba el cuerpo, fija en el horizonte, como esperando una marea vengativa.

—Clara hacía demasiadas preguntas —gruñó, apagando un cigarrillo contra la madera podrida—. Al mar no le gusta que le hurguen los bolsillos.

Una gaviota chilló, desgarrando el silencio con su risa escamosa.

Entonces emergió el reverendo Ezequiel desde la niebla, su sotana negra ondeando al viento como bandera pirata.

—¡La ira de los Señores del Mar cae sobre los profanadores! —tronó, blandiendo una Biblia encuadernada en piel de mantarraya, su cubierta brillando con un resplandor inquietante. Sus ojos inyectados de sangre se clavaron en David como los de un depredador—. ¡Leed Ezequiel 26:19! ¡Las hijas con branquias bajo los omóplatos han desaparecido por la eternidad!

IV. El archipiélago de verdades ahogadas

David abrió el Cuaderno N.º 17, encuadernado en "cuero de quimera", según el Dr. Silenus. La tinta marina parecía ondular en las páginas, deformadas por la humedad:

13 de octubre. Reunión con el viejo Finn en el Barco Borracho. Sus historias de sirenas—cabellos de algas, voces de tormenta—coinciden de forma extraña con las declaraciones del juicio Hawthorne (1893). ¿Metáfora o confesión? El registro de nacimientos menciona "anomalías epidérmicas" en las hijas de Morrow...

17 de octubre. Los archivos de la compañía ballenera mienten por omisión. ¿Qué ocultaban en esas expediciones al sur del Banco Stellwagen? ¿Por qué se borraron los nombres de los arponeros? Carta hallada de 1922: "Las profundidades han devuelto lo que se les debía." ¿Qué se les debía?

Una fotografía se deslizó del cuaderno—una imagen en sepia de marineros curtidos en la cubierta de un barco, sus rostros tallados por el viento. En el reverso, una nota garabateada: "Ellos saben. Siempre lo han sabido."

Clavados en las paredes, docenas de mapas náuticos formaban un tapiz de desapariciones. Cada chincheta roja marcaba un lugar donde mujeres habían desaparecido, sus nombres borrados de los registros, como grafitis borrados de la piedra. Las líneas rojas que unían los puntos creaban una visual inquietante—una coreografía macabra donde cada chincheta era un suspiro ahogado, cada hilo un sollozo estrangulado.

V. Nocturno bajo las sombras de la marea

La noche cayó en cintas de alquitrán líquido, tragándose los últimos reflejos carmesí del atardecer. David deambuló por los callejones desiertos, escuchando a las casas susurrar sus secretos por las rendijas de las contraventanas. Cerca del faro, divisó figuras intercambiando paquetes envueltos en tela encerada—¿misivas selladas o pruebas condenadas?
Dieron las doce en San Pedro de las Olas. En un hueco de duna, encontró un cuaderno medio quemado: "Me amenazaron." El faro solo ilumina lo que se le permite ver. Pregunta a Jake sobre su avistamiento de 1995 cerca de los arrecifes... El resto se lo llevó la ceniza.
Al amanecer, el cielo tempestuoso había borrado todo. Solo una cosa quedaba, clavada en la puerta de la comisaría—un fragmento de carta náutica, marcado con tinta rojo sangre: "Busca donde van a morir las ballenas."

VI. Epílogo: El canto de las profundidades

David se sentó en la duna, observando a las gaviotas trazar círculos ansiosos en el cielo plomizo. En su bolsa, los cuadernos de Clara pesaban como lápidas. Entonces comprendió que la verdad no era un pez que pudiera arponearse, sino una corriente cambiante—siempre presente, a menudo esquiva.

El océano le sonrió de vuelta, espumando con todas las palabras nunca dichas. Los nombres y las fechas carecían de sentido—los muertos de Provincetown custodiaban un secreto más antiguo que los acantilados, un misterio cosido a las olas desde el amanecer del tiempo.

Al ponerse en pie, sintió la mirada escrutadora de las profundidades en su nuca. El mar lo llamaba a sumergirse, a danzar con las sombras de los Grandes Olvidados. Quisiera o no, ahora era uno de los Vigilantes de Cape Cod, condenado a escudriñar la oscuridad en busca de verdades hace mucho devoradas por la marea.

Capítulo I: Compendio

David Sinclair, un teniente de Boston, investiga la misteriosa muerte de Clara Voss, hallada en una playa de Provincetown con un tatuaje en espiral bajo la oreja. Sus diarios revelan investigaciones sobre desapariciones de mujeres vinculadas a leyendas marítimas. A medida que David profundiza, descubre una red de secretos que involucra a figuras locales—el Dr. Silenus, Jake Morrow y el Reverendo Ezekiel—y mapas náuticos marcados con rastros de crímenes enterrados desde hace mucho tiempo.

Capítulo II
Los susurros del abismo

I. El alba de los naufragios

Provincetown despertó bajo una luz de acuarela, con sus contornos difuminados por la niebla matutina. David Sinclair se encontraba junto a la ventana de su habitación de hotel, atrapado en un estado onírico intermedio donde las olas escribían versos sobre la arena. El oleaje lento y paciente entonaba una elegía para Clara Voss. Cada cresta de espuma era un pétalo de memoria arrancado del libro de las mareas, cada rocío de sal, una lágrima suspendida en el telón del tiempo.

El recuerdo de Clara lo perseguía—su rostro nacarado, los párpados bordeados de sal, el cabello desplegado en un nocturno líquido. Vagaba por su mente como una sirena paradójica—en paz y, a la vez, atormentada por las verdades que había perseguido. El mar, cómplice y verdugo a la vez, rodaba sus secretos como guijarros pulidos, indiferente a los temblores de las almas naufragadas.

La luz matinal se filtraba a través de los vidrios sucios, transformando la habitación en una linterna mágica donde el polvo de un mundo suspendido flotaba sin rumbo. El sol pálido no ofrecía calor, solo una claridad aguda que delineaba las sombras con precisión. En ellas, David veía a los fantasmas de Provincetown: pescadores de manos nudosas aferrando botellas vacías, viudas susurrando oraciones al pie de tumbas marinas, y niños corriendo por los muelles con redes llenas de melancolía.

La oficina del Sheriff O'Neill olía a tabaco rancio y papeles húmedos. Graham le entregó una hoja arrugada, su gesto cargado de implicaciones.

—Lila Goode vive cerca del viejo faro abandonado. Sus lágrimas deben de haber tallado canales hasta el mismo océano.

El camino hacia la casa de Lila serpenteaba entre casuchas de pescadores con tablones desiguales, sus colores desteñidos por años de sal y arrepentimiento. Las cuerdas de tender chasqueaban al viento como ahorcamientos simbólicos, mientras medusas translúcidas—almas condenadas de los ahogados—temblaban en las pozas de marea. La casa de Lila se alzaba aparte, con postigos cerrados como párpados hinchados. Un jardín de malvarrosas se inclinaba hacia la costa como esperando a un mensajero de las profundidades.

David golpeó la puerta. Esta se abrió con un chirrido, revelando a una mujer fantasmal con los ojos sombreados en ocre.

—¿Teniente Sinclair? —Su voz era tan desgastada como conchas arrastradas contra los arrecifes.

Dentro, la casa respiraba dolor: cortinas de terciopelo roídas por polillas, un piano desafinado con teclas amarillentas, retratos de Clara colgados con desorden—su sonrisa congelada frente a monolitos submarinos, sus manos entrelazadas sobre grimorios cubiertos de runas acuáticas.

—Estudiaba los cantos de las ballenas francas —murmuró Lila, acariciando un marco plateado—. Creía que su música era una guía hacia… —Un sollozo torció sus labios. David notó botellas vacías rodando bajo el sofá—un naufragio personal anclado en el puerto de la desesperación.

III. Las escalas de la memoria

—Esta máscara ceremonial... —Lila abrió un cofre de sándalo. El objeto emergió tallado en un colmillo de narval, incrustado con nácar y ojos fosilizados de tiburón.

—Clara la trajo desde las profundidades del Banco Stellwagen. Creía que... comunicaba.

David se estremeció. Las espirales grabadas en la máscara parecían latir al ritmo de las olas.

—¿Comunicaba con quién?

—Con quienes saben escuchar. —Sus dedos temblorosos recorrieron un surco sinuoso—. Los ancianos hablaban de murmullos bajo las tormentas. Clara grabó sonidos... frecuencias que desgarran el alma.

Le entregó un cuaderno cubierto de pentagramas musicales erizados con picos inhumanos.

Una brisa se coló por una ventana entreabierta, haciendo crujir páginas llenas de inscripciones misteriosas:

"Durante 30 millones de años, las ballenas han lamentado la pérdida de sus parientes. Y aún así, ¿qué decimos nosotros?"

"La máscara no es un artefacto, sino un espejo."

Lila acarició una foto de Clara, radiante sobre una roca frente al océano.

—Richard la llamó hereje. Evan decía que envenenaba el alma de Provincetown. Pero ella... —Una risa áspera escapó de su garganta—. Ella bailaba con medusas en las noches de luna llena. Decía que entendía su lenguaje de veneno y luz.

IV. The Silt-Stained Interview

La casa de Evan se alzaba sobre el acantilado, una fortaleza de vidrio y acero desafiando los elementos. El alcalde dio la bienvenida a David en una oficina dominada por una maqueta de su próximo resort de lujo: Las Sirenas.

—¿Clara Voss? —Se levantó lentamente y caminó hacia la ventana panorámica, trazando círculos en el aire con el dedo—. Una idealista. Creía que el océano era más profundo que nuestras billeteras.

David observó los cuadros en las paredes: Evan estrechando manos doradas en yates, su sonrisa tensa frente a excavadoras que devoraban las dunas.

—¿Su investigación interfería con sus proyectos?

Un destello de furia cruzó la mirada del alcalde.

—¡Quería que se declarara santuario al Banco Stellwagen! ¿Sabes cuánto cuesta un solo minuto de retraso en una obra marítima?

Su voz descendió a un abismo, baja y vibrante.

—No somos cuidadores de museos, Sinclair. El progreso pertenece a quienes se atreven a clavar estacas en las fauces de Poseidón.

Afuera, las gaviotas giraban en círculos, chillando su desaprobación. David notó el tic nervioso de Evan—su mano derecha golpeando un cajón cerrado con llave. ¿Qué secretos escondía ese gabinete? ¿Contratos manchados con tinta de corrupción? ¿Fotos de dragas desgarrando el lecho marino?

V. Nocturno sobre las fracturas

La noche cayó como un sudario húmedo. David caminó por los muelles desiertos, los faroles proyectando halos fantasmales sobre cascos volcados. En la oscuridad, Provincetown se convertía en un teatro de sombras: figuras furtivas intercambiando paquetes cerca de los almacenes, destellos azulados danzando bajo los pilotes, voces apagadas arrastradas por las ráfagas.
Se detuvo frente al faro abandonado. Entre algas y chapas oxidadas de cerveza, yacía un cuaderno carbonizado. Las páginas sobrevivientes hablaban de "frecuencias malditas" y "pactos sellados en algas."
Una frase le heló la sangre:
"Me ofrecieron la máscara… o quizá fue ella quien me eligió."
De pronto, un grito rasgó la noche—un lamento largo, mitad humano, mitad marino. David corrió hacia la playa. Nada. Solo el chapoteo burlón de las olas. Pero en la arena, recién trazados, brillaban los mismos patrones en espiral que los de la máscara…

VI. Epílogo: El coro de las profundidades

De regreso en el hotel, David desplegó sus notas sobre la cama. Las piezas del rompecabezas encajaban como por arte de magia:
- Las frecuencias inaudibles que Clara había grabado
- La máscara con sus ojos fosilizados
- Los intereses financieros de Evan
- Las desapariciones de pescadores registradas en antiguos documentos

El mar golpeaba contra las ventanas, insistente. Abrió el cuaderno ennegrecido y descubrió un boceto inquietante: siluetas híbridas emergiendo de las olas, los brazos extendidos hacia la máscara.

Una nota en el margen decía:

"Los Guardianes existen. Están reclamando lo que les hemos robado."

En algún lugar de la noche, una ballena solitaria comenzó a cantar—una vibración profunda que hizo temblar las paredes.

Entonces David lo comprendió: Clara no se había ahogado. Había sido absorbida por una verdad demasiado vasta para un cuerpo humano.

Juró sumergirse en esos abismos, aunque eso le costara la cordura.

Capítulo II: Compendio

David se adentra en el pasado de Clara, cautivado por su investigación sobre los cantos de ballenas y rituales marinos. Descubre una máscara ceremonial y enfrenta a Evan Grey, un alcalde corrupto dispuesto a sacrificar el océano por proyectos inmobiliarios. Las frecuencias submarinas registradas por Clara insinúan una verdad inquietante que acecha en las profundidades del mar.

Capítulo III:
Las Sombras Acuáticas de Stellwagen

Maitines Marítimos

El amanecer acarició Provincetown con una mano nacarada, revelando las cicatrices del puerto bajo una nueva luz. Las barcazas dormidas se mecían como cunas vacías, sus cascos manchados de aceite llorando lágrimas iridiscentes. Al borde de una verdad aún por descubrir, David Sinclair observaba a las gaviotas trazar parábolas ansiosas sobre las balsas de decantación. Sus gritos cortaban el silencio como bisturís, cada nota clamando la urgencia de unas profundidades aún sordas.

Sus dedos, entumecidos por el aire húmedo de la noche, recorrían los pilotes de madera gastada. El roble deformado conservaba la memoria de los amarres: cada corte, una estrofa en un poema criminal. A la altura de las rodillas, una grieta con forma de coordenada (42° 03′ N) le llamó la atención. De pronto, el espectrómetro colgado de su cinturón vibró. Beep-beep. Partículas de cesio-137 giraban en la luz sesgada—una constelación efímera que delataba el paso nocturno de las barcazas de Grey Marine. Sus estelas fosforescentes, capturadas por la cámara térmica, formaban jeroglíficos tóxicos en la pantalla

Un chapoteo peculiar desvió su atención. En la sombra del Muelle 7, donde las algas rojas formaban una alfombra de lodo aterciopelado, una medusa luna latía débilmente. Sus tentáculos, con vetas metálicas, temblaban al ritmo de las olas—antenas sintonizadas con los susurros del abismo. David lo tomó como una señal—Clara las llamaba las centinelas de las trincheras. Con una pinza de titanio, recogió delicadamente una muestra, notando cómo el gel translúcido absorbía la luz. La criatura se contrajo, revelando un patrón recurrente en sus tejidos: un logotipo estilizado de pulpo que rodeaba las letras G.M.C.
"Llevan su marca como un estigma", pensó, guardando el espécimen en un tubo criogénico. Recordó el cuaderno de Clara, hallado tres lunas atrás en una cueva sumergida. Página 19, escrita con frenesí: Las medusas son los escribas del océano—sus cuerpos registran cada crimen.

El Gabinete de los Reflejos Rotos

La casa de Lila Goode se alzaba como un naufragio varado, sus tejas azuladas cubiertas de líquenes con forma de lágrimas petrificadas. David avanzó entre matas de acelga marina, cuyas hojas en forma de corazón temblaban al viento como receptores del dolor. La puerta chirrió sobre bisagras oxidadas, liberando un aliento de aire espeso de sal y arrepentimiento.

Dentro, era un museo del duelo. Espejos cubiertos de tul gris reflejaban fragmentos de Clara: aquí, su mano pasando las páginas de un grimorio oceanográfico del siglo XIX; allá, su imagen atrapada en una red de pesca colgada del techo. Lila apareció, envuelta en un vestido de cintas nacaradas. "Ella te ha esperado por seis mareas", murmuró, señalando el fonógrafo Edison, cuya bocina parecía una flor metálica negra.

Sobre una mesa de caoba desgastada, un herbario abierto revelaba sargazo mutante. Sus vesículas hinchadas contenían un líquido violeta que palpitaba al ritmo de la respiración de David. "Mira," susurró Lila, vertiendo una gota de ácido sobre una hoja de kelp. La planta sangró tinta azul medianoche, formando letras góticas: Bajo los sedimentos, duerme la evidencia.

El fonógrafo crepitó de pronto, escupiendo una melodía atonal. La aguja recorría los surcos de un cilindro de cera gastado, imitando exactamente el ritmo de las bombas de aceite de la conservera: 78 pulsaciones por minuto, la firma sonora del crimen. David sacó su grabadora digital. La superposición de frecuencias reveló un mensaje oculto: Busca las anguilas eléctricas del Reservorio B-12.

El Scriptorium de las Sombras

La Universidad de Woods Hole abrió sus entrañas de
piedra sudorosa. En el despacho de Richard Davenport, la
ciencia se había degradado en alquimia maldita. Viales
llenos de formol, alineados como soldados, contenían
horrores innombrables:
– Un feto de marsopa con ojos reemplazados por cámaras
en miniature
– Un calamar gigante con ventosas marcadas con códigos
de barras
– Una colonia de diatomeas modificadas genéticamente
para absorber benceno
"¡Confundes progreso con profanación!", bramó Richard,
mientras el cromatógrafo escaneaba niveles de plomo 200
veces por encima del límite legal. David no se inmutó. Con
un movimiento rápido, arrancó un tapiz que representaba
a Poseidón. Detrás, una caja fuerte reforzada escupió pilas
de documentos—contratos de pesca ilegal, informes de
contaminación falsificados y fotos de Clara con traje de
buzo frente a un vertedero de aguas negras.
En una etiqueta amarillenta, una nota manuscrita le helo la
sangre:
**Proyecto Leviatán – Fase 3: Implantación de chips RFID
en las branquias del atún rojo.**
El mar ya no era más que un panel de control.

La Cámara de los Ecos

El crepúsculo envolvía el Ayuntamiento en un brillo
enfermizo de fosfenos. Evan Grey, alcalde y magnate
industrial, hacía danzar pulpos digitales en un acuario
holográfico. "El océano es una hoja de cálculo a optimizar,"
declaró, ajustando su pajarita de nácar sintético.
David arrojó los informes de análisis hidrocarbónicos sobre
la pantalla táctil. Los números giraron hasta formar un
mapa de corrientes malditas. "Tus algoritmos ignoran el
canto de las mareas," replicó, activando una grabación
submarina. Las bajas frecuencias sacudieron los
ventanales—era la voz de las ballenas francas
distorsionada por sonar militar.
De pronto, un pulpo digital escapó del acuario. Sus
tentáculos pixelados trazaron un pentagrama musical en la
pared, cuyas notas formaban la ruta de oleoductos
clandestinos. Evan Grey palideció. Su smartwatch emitió
una alarma: 140 latidos por minuto, el ritmo del pánico

Nocturno Abisal

La noche desplegó su sudario de algas negras, engullendo los últimos restos de decencia. David siguió los guijarros con patrones en espiral hasta la cueva, cuyas paredes estaban cubiertas de petroglifos fluorescentes. El cuaderno chamuscado de Clara yacía entre ánforas rotas, sus páginas sobrevivientes describían:
– La danza de las mareas como clave criptográfica—cada marea baja, una contraseña
– La alquimia de sedimentos transformando mercurio en estricnina líquida
– La ecuación de la evidencia impulsada por corrientes:
$\sqrt{(\text{mentiras})} \times (\text{silencio}) = \text{verdad}$
De repente, los cténoforos se iluminaron al unísono. Su luz fría proyectó las sombras superpuestas de los culpables en las paredes: tres figuras encapuchadas manipulando tubos de ensayo gigantes. La máscara de cefalópodo se abrió con un crujido de concha, revelando una memoria USB tallada en un colmillo de narval. Los datos estallaron en burbujas luminosas—cada esfera contenía un archivo comprometedor.

El Despertar de la Medusa Vela

El asalto fue una sinfonía submarina. David alzó la máscara, que irradiaba luz hadal, transformando los tanques de almacenamiento en vitrales líquidos. Los culpables emergieron de la espuma como mascarones malditos:
– Dr. Silenus, con los párpados tatuados con fórmulas químicas prohibidas
– Jake Morrow, con un cinturón adornado con dientes de tiburón ballena
– Esther Blackwood, con las pupilas dilatadas por psicotrópicos y cifras adulteradas
Las medusas cometa ascendieron en un enjambre geodésico, sus filamentos urticantes conectados a proyectores submarinos. A lo largo de los cascos de las barcazas, los haces de luz trazaban gráficos incriminatorios: curvas de contaminación descontroladas, mapas de dispersión de toxinas y fotos de órganos mutilados.
"Olvidaron que el mar lo recuerda todo," rugió David, activando el sistema de difusión sonora. Las grabaciones de Clara resonaron, su voz amplificada por las cuevas submarinas:
¡El metanol llora en do menor—escuchen los sollozos bajo las válvulas!

Epílogo: El Himno de las Nereidas

David colapsó al pie del faro de Race Point, su cuerpo un arrecife de verdades. El colmillo de narval brillaba en su palma abierta—una clepsidra marina marcando la hora del juicio. En lo profundo, los servidores encriptados de Grey Marine implosionaban bajo presión abisal, liberando torrentes de datos que ascendían a la superficie como burbujas de confesión.

Mar adentro, las barcazas fantasma continuaban su macabro ballet, las sirenas entonando un credo químico. Ya habían llegado las primeras escuelas de caballa modificada genéticamente, sus ojos equipados con cámaras que grababan cada movimiento.

Una vez más, el océano cantaba su himno inmutable—un concierto de cascos que crujen y olas que se lamentan, un réquiem de seres vivos y almas perdidas. En medio del caos, una medusa luna palpitaba suavemente, escribiendo ya el próximo capítulo.

Capítulo III: Compendio

La investigación revela que Grey Marine es culpable de contaminación tóxica. David confronta al Dr. Silenus y sus cómplices, desmantela una red de tráfico de residuos y descubre que Clara fue asesinada por destapar sus crímenes. Las medusas mutantes contienen pruebas de la contaminación.

Capítulo IV
Los Rumores del Estanque de Luz

I. Amanecer Tembloroso

El día se deslizó en la habitación a través de estrechas rendijas, deshilachando la oscuridad en hebras de gasa dorada. David Sinclair se liberó de la cama, extremidad por extremidad, como quien se desenreda de una red de pesca. El aire llevaba el aroma de óxido y algas blancas—la fragancia de naufragios olvidados. Sobre la cómoda, un erizo de mar fosilizado usado como pisapapeles parecía observarlo con sus mil ojos petrificados. Cada abertura en la criatura mineral contenía la memoria de un siglo de mareas, naufragios y secretos disueltos.
El escritorio de Clara lo esperaba—una cripta de texto donde constelaciones de notas adhesivas amarillentas yacían dispersas. Al abrir el cajón superior, sus dedos rozaron una cartografía de cicatrices:
•   Una pluma de alcatraz sumergida en tinta sepia, su caña grabada con coordenadas en código Morse.
•   Radiografías de conchas marinas afectadas por melanoma, sus espirales calcificadas deformadas en gritos silenciosos.
•   Un cuaderno cosido con hilos de acero, titulado Necrología de las Mareas, su cubierta rezumando resina ámbar con aroma a mirra marina.

La primera página exhaló un suspiro de esporas. Clara describía "mareas espectrales" que roían las costas durante el equinoccio, llevándose fragmentos de la realidad. "El 21 de marzo, a las 3:17 AM, vi el faro de MacMillan desaparecer en un pliegue de niebla. Aún existía en el canto de las ostras huecas, sus conchas murmurando su posición en 47° 23′ N, 70° 12′ O." Abajo, una nota marginal temblorosa decía: "La máscara no es un artefacto sino una llave dentada. Sus ranuras coinciden con los meandros de nuestra memoria líquida."
David sostuvo la pluma fosilizada bajo su lámpara UV. Las barbas brillaron, revelando versos en bretón antiguo grabados en la queratina:
"Ken a vo mor, a vo koun"
(Mientras haya mar, habrá memoria.)

II. El Viejo y el Cenotafio

Isaac esperaba frente a su "museo de naufragios"—una choza de tablones donde los fantasmas de la bahía se habían refugiado. Proas destrozadas exhalaban su agonía; sextantes delirantes apuntaban hacia estrellas desaparecidas. El viejo marinero acariciaba una boya del Lady Margaret, un barco que desapareció en 1923 con doce almas y una carga de mercurio. "Ella venía aquí cada luna llena," murmuró, pasando sus dedos sobre un barómetro con forma de pulpo. Su dial aún marcaba 1034 hPa—la presión exacta de la noche en que el barco se hundió.
Cuando hizo girar el fonógrafo desgastado, la aguja talló una ranura en la cera, liberando una melodía distorsionada de sirena. Los cristales polvorientos vibraron al unísono. "Esa es la Calíope del Abismo… Ella guía las almas a las ciudades de coral," explicó Isaac, señalando un pez luna momificado flotando en un frasco.
En sus pupilas similares al cuarzo, David creyó ver el reflejo de Clara—su boca abierta en un secreto demasiado vasto para un cuerpo humano, su cabello transformado en algas bioluminiscentes.
"¿Y eso?" David señaló una brújula encerrada dentro de una esfera de vidrio llena de agua negra.
"El corazón magnético del pelícano. Aún apunta al norte… desde hace 90 años."

III. El Café Equinoccio

El café olía a canela y ajenjo, una mezcla acre que los marineros llamaban "aliento de sirena." Detrás del mostrador, una cafetera resoplaba como la caldera de un barco, expulsando vapor en forma de medusa. La camarera—constelaciones tatuadas bajo su clavícula—colocó un espresso frente a David. Sus uñas azuladas dejaron motas de esmalte en el platillo.

"Clara siempre pedía El Destructor—un triple espresso ahogado en ron de las Islas Vírgenes."

Un pescador, su barba incrustada con escamas de mica, se inclinó, su aliento espeso con algas fermentadas. "La vi hablando con un banco de arenques. Nadaban en espirales a su alrededor… Como una oración en Morse." Sus manos callosas imitaban remolinos acuáticos.

David anotó cada detalle en su cuaderno, sus páginas absorbiendo mentiras y verdades fracturadas como papel secante. En la página 34, apareció un boceto de Clara—dibujos de peces linterna formando un alfabeto luminoso.

IV. La Librería de Párpados de Seda

El letrero decía Maelström, ocultando un laberinto de tallas de madera a la deriva. La librera—sus ojos delineados con kohl azul medianoche—acariciaba un libro antiguo encuadernado en cuero de raya, dejando rastros fosforescentes en su cubierta.
"Clara buscaba esto."
Le entregó un volumen titulado Letanías de las Novias de Davy Jones. Las páginas liberaron una nube de polvo de estrella de mar, formando momentáneamente la constelación de Escorpio.
"Estas mujeres se casaron con las corrientes para convertirse en guardianas de los estrechos. Sus cantos hacen brotar arrecifes de cadáveres naufragados."
En el margen, una anotación temblorosa en tinta roja decía: "La máscara es su dote maldita—una interfaz entre alientos."
David sintió una profunda vibración en sus piernas, como si el océano bajo él susurrara ecuaciones milenarias en sus huesos.

V. El Abrazo del Sargazo

Lila estaba descalza en la playa, sus pies hundiéndose en la arena helada. A su alrededor, medusas azul eléctrico llegaban a la orilla en silencio, sus campanas pulsando como corazones recién extraídos.

"Saben que vienes," murmuró, señalando el horizonte donde flotaba un espejismo de agujas submarinas. "Anoche, los cangrejos violinistas migraron al este… Sus pinzas rasparon la arena en un ritmo de pavana. Una señal de que los Guardianes están inquietos."

Le entregó un frasco que contenía un embrión de tiburón linterna.

"Clara llamaba a esto su 'faro de bolsillo.' Cuando su bioluminiscencia se activa…"

La diminuta criatura brilló, proyectando jeroglíficos cambiantes sobre la arena, recomponiéndose con cada ola.

David leyó dos palabras, repetidas en eco:

"Sumérgete."

"Olvida."

VI. El Vaivén de los Péndulos de Alga

En su habitación, David dispuso las evidencias sobre la cama:

1.	El cuaderno con frases serpenteantes, sus páginas respirando al ritmo de las mareas.

2.	La grabación críptica de Isaac, cuyas bajas frecuencias coincidían con los pulsos de la Corriente de Humboldt.

3.	El tiburón linterna parpadeante, su vientre revelando ahora diagramas de inmersión.

El suelo vibraba al ritmo de las olas. Las sombras se alargaban, tomando formas humanoides con articulaciones similares a crustáceos. Una voz se deslizó en su oído izquierdo, cálida y salina:

"Toda verdad es un naufragio voluntario. Libera tu aliento; deja que el abismo te escriba."

Abrió el cuaderno en una página marcada por una mancha de tinta con forma de continente perdido. Clara describía un ritual de "bautismo invertido," donde los iniciados bebían el océano hasta que sus pulmones se convertían en acuarios poblados por quimeras simbióticas.

Cuando el tiburón linterna se apagó, solo una certeza permanecía:

Mañana, enfrentaría las profundidades.

En algún lugar de la noche, una boya sonar emitió tres pitidos espaciados—un mensaje en código Gray que solo un hombre con tiempo prestado podría descifrar.

Epilogue

At dawn, David stood on the pier, gazing at the phantom reefs of Stellwagen Bank. In his pocket, the embryonic shark pulsed faintly—a biological compass leading to the underwater labyrinths.

Above him, gulls traced a word in the sky that he recognized:

"Dive."

And the ocean, always the ocean, stretched its foamy arms toward him.

Al amanecer, David estaba de pie en el muelle, contemplando los arrecifes fantasma del Banco Stellwagen. En su bolsillo, el tiburón embrionario palpitaba débilmente—una brújula biológica que lo conducía a los laberintos submarinos.

Sobre él, las gaviotas trazaron una palabra en el cielo que reconoció:

"Sumérgete."

Y el océano, siempre el océano, extendía sus brazos espumosos hacia él.

Capítulo IV: Compendio

David se sumerge en los mitos locales y los rituales de los marineros. Según los registros, Clara estudió a las Novias de Davy Jones—mujeres transformadas en guardianas marinas. La máscara, una llave hacia el abismo, guía a David hacia cuevas submarinas donde Clara dejó pistas crípticas.

Capítulo V
Las Liturgias del Sedimento

I. El Amanecer de las Branquias

El día atravesó el horizonte, rasgando un bolsillo de noche y derramando una luz opiácea sobre Provincetown. David Sinclair emergió de su habitación; su piel surcada de sueños donde pulpos calígrafos inscribían enigmas sobre su torso. Los patrones epidérmicos aún palpitaban, cada marca oscurecida por tinta correspondía a un punto de presión abisal. El aire olía a zinc oxidado y bolsas plásticas transfiguradas en medusas—un aroma de siglo moribundo aferrado a las membranas mucosas como una telaraña salina.

La biblioteca municipal yacía dormida, una estructura neogótica cuyas ventanas estaban cubiertas de algas marinas secas. Al empujar la puerta, David entró en un pulmón de papel, donde esporas cargadas de memoria flotaban por el aire. Las estanterías temblaban suavemente, sus tablones deformados exhalaban el aliento de tomos prohibidos. Entre dos incunables, pepinos de mar translúcidos filtraban partículas de conocimiento perdido.

La curadora—con los ojos bordeados de khôl abisal—emergió de una nube de polvo de estrellas de mar. Sus dedos enfundados en seda de mantarraya le entregaron Las Geografías del Desastre Marino, encuadernado con tendones de calamar aún palpitantes.

—El Borealis no se hundió, teniente. Se desincorporó —susurró, acariciando un medallón de ámbar donde una larva de rémora giraba sin fin. Las páginas sangraban en sus manos, revelando mapas de corrientes malditas dibujados con sangre de gusano tubo.

—Mire aquí —su uña iridiscente señaló un vórtice frente al Banco de Georges—. Las mareas allí bailan en contrapunto a mazurcas tectónicas. Clara escuchó a las fallas cantar…

II. El Coro de Cicatrices Flotantes

En el puerto, los arrastreros coreografiaban una pavana desarticulada al ritmo de boyas sónicas pulsando en código Morse líquido. David interrogó a Jethro, un pescador cuyo rostro había sido conquistado por coral simbiótico; sus manos nudosas tallaban señuelos con dentaduras recogidas en la orilla.

—¿El Borealis? —El hombre escupió un chorro de tabaco negro que quemó un agujero en la madera podrida—. Mi bisabuelo decía que navega entre gotas de lluvia. En noches de tormenta, puedes ver sus velas de encaje de niebla captando los rayos de luna.

A su alrededor, las tripulaciones asentían, blandiendo anzuelos trenzados con el cabello de ahogados. Pete, el contramaestre con ojos inyectados de plancton, mostró un fémur pulido por las mareas:

—Clara vino a medir nuestras cicatrices. Dijo que eran como fisuras submarinas—cada rasguño, una profunda garganta; cada quemadura, una explosión de gas metano.

David anotó sus palabras en un cuaderno impermeable, la tinta disolviéndose en tentáculos azules al contacto con la salinidad ambiental. En la página 67, un cartógrafo medusa emergió espontáneamente; sus filamentos trazaron las coordenadas 42° 58′ N, 67° 57′ W.

III. El Scriptorium de Sombras Osmóticas

La oficina de Clara se había transformado en un laboratorio de hechicería marina. Entre carpetas impermeables, acuarios en miniatura albergaban diatomeas organizadas en frases centelleantes. David descifró su mensaje intermitente:

—La máscara es una esclusa de aire—crúzala solo con nuevas branquias.

La sílaba final estalló en una rociada de bioluminiscencia verde, proyectando la sombra de un calamar gigante en el techo, sus ventosas inscritas con escrituras.

En el cajón secreto detrás del herbario de piel muerta, encontró fragmentos de epidermis de nadadores marcados con tatuajes bioluminiscentes. Clara había anotado:

—Día 7: Los capilares se convierten en algas—fotosíntesis de la desesperación.

Un sobre sellado con cera de ballena contenía fotografías de una sombra humanoide con extremidades articuladas como crustáceo, su mano palmeada extendiéndose hacia el lente en súplica silenciosa.

Al dorso, su letra febril:

—Saben que estamos saqueando su biblioteca nacarada. Los estantes abisales gimen bajo tomos de quitina…

IV. La Cripta de Campanas Gelatinosas

El faro oscilaba suavemente, un péndulo hipnótico, su haz
apagado desde la noche del Gran Cataclismo. En la sala de
linterna, ahora un estudio de excavación, frascos de
medusas criogenizadas palpitaban al acercarse David.
Entre viales de lágrimas sintéticas de sirena, la máscara
yacía sobre un cojín de huevos fosilizados de raya—cada
cápsula contenía un embrión grotesco de verdad.
El artefacto vibraba en armonía con las mareas, sus cuencas
vacías exudaban una niebla violeta que dibujaba patrones
fractales de corrientes ocultas en el aire. Al levantarla,
David sintió que sus huellas dactilares se
desplazaban—sus crestas epidérmicas mutaban en canales
de agua dulce, laberintos líquidos que conducían a arterias
olvidadas.
Un crujido quitinoso.
Apareció Richard—irreconocible. Su piel había
desarrollado papilas gustativas marinas; sus ojos con
pupilas hendidas brillaban con una inteligencia alienígena.
—Ella forzó las compuertas —gorgoteó, blandiendo un
bisturí de colmillo de narval impregnado de veneno
psicotrópico—. Ahora los archivistas han venido a
reclamar sus libros de carne.

V. La Procesión de Seres Desollados de Clorofila

La confrontación estalló en una persecución frenética sobre las dunas del sabor. Richard—ahora un Dios Marino—proyectaba chorros de aminoácidos azules, transmutando la arena en encaje tóxico. La máscara se adhirió al rostro de David, sus pulmones se dividieron en sacos aéreos—una adaptación anfibia acompañada por el sabor a óxido y algas.

A su paso, las dunas parían esqueletos de barcos fantasma. Tripulaciones translúcidas entonaban tablas de mareas en nórdico antiguo, sus voces sincronizadas con el chisporroteo de radios cristalinas varadas.

Clara apareció—ahora una masa pensante de zooplancton agregado—y trazó un círculo de corriente de aguas cálidas en el aire:

—El Borealis solo era un señuelo. Busca al Cefalópodo Geosinclinal—ha estado tejiendo continentes desde el Cretácico. Su tinta fluye por las venas de las placas tectónicas…

VI. La Apoteosis de las Tintas Oponibles

El ayuntamiento se había transformado en una catedral
abisal. Evan Grey estaba entronizado dentro de un
exoesqueleto de coral negro, sus extremidades
manipuladas por pulpos que operaban palancas.
—Somos los escribas del Gran Moco —tronó, proyectando
hologramas de ciudades sumergidas donde figuras con
ojos de pez luna se agitaban—. Clara rompió el pacto del
silencio sedimentario. Ahora el abismo exige su pago.
David blandió la máscara—ahora orgánica—cuyos bordes
estaban cubiertos de cilios vibrantes que emitían un tono
ultrasónico purificador. El objeto liberó el grito de una
ballena fosilizada, fracturando los muros y revelando el
océano debajo: criaturas-libro con páginas membranosas
nadaban por las grietas, devorando párrafos de realidad
corrompida.
Clara se fusionó con el Cefalópodo Geosinclinal, sus
tentáculos-enciclopedia reescribían el ADN marino en
tiempo real.
—Tu tiempo llegará —murmuró, borrando a Evan Grey
letra por letra, cada consonante cayendo como una escama
carbonizada.
—Los bibliotecarios abisales te esperan para el Gran
Catalogado…

Epílogo: La Simbiosis

David despertó en la orilla, la máscara ahora fusionada a su rostro en perfecta simbiosis. Sus nuevos ojos de enfoque variable discernían ciudades de piedra caliza bajo la arena—arquitecturas vivas donde se movían las sombras de almas redimidas y ahogadas.
Dentro de él, Clara susurraba poemas en lenguas perdidas, cada verso teñía el flujo de sus hemocianinas alteradas.
El mar lamía con complicidad.
En lo profundo, la gigantesca pluma del calamar colosal trazaba su historia en el Libro de los Sedimentos, un vasto grimorio donde cada grano de arena era una coma en la epopeya oceánica.

Capítulo V: Compendio

Perseguido por los secuaces de Evan Grey, David usa la máscara para comunicarse con criaturas marinas. Descubre un laboratorio submarino donde humanos han sido hibridados con fauna abisal. Clara, ahora una entidad bioluminiscente, le revela que el océano es un archivo viviente.

Capítulo VI
Las Liturgias del Abismo

I. Mañana de Veneno y Vitela

El amanecer lamió Provincetown con una lengua de mercurio, revelando tejados curvados como cascos volcados. David Sinclair caminaba sobre los adoquines relucientes, cada paso despertaba mosaicos de conchas atrapadas en el cemento. Estas teselas de piedra caliza formaban un alfabeto silencioso—runas olvidadas de mareas que alguna vez erosionaron los límites entre tierra y mar. La noche anterior, había soñado con Clara tallando oraciones en el caparazón de un cangrejo violinista, sus tijeras liberando un penetrante aroma a plancton quemado que aún persistía en sus dedos.

La biblioteca yacía dormida, como una esfinge de piedra cuyos ojos eran vidrios teñidos por algas. La curadora—su cabello tejido con filamentos de diatomeas—abrió el grimorio Necrología de las Mareas, encuadernado con tendones de calamar seco que aún palpitaban levemente. Las páginas exhalaron una nube de polvo de hueso de sepia mientras el título sangraba en letras fosforescentes: "Los muertos también escriben en los vacíos de la marea baja."

David descubrió esquemas de barcos fantasmas digeridos por la Corriente del Golfo, sus estructuras transformadas en arrecifes conscientes. En los márgenes, la caligrafía de Clara temblaba como una línea sísmica: "El naufragio es metamorfosis: la tripulación se convierte en ecosistema, y sus gritos en burbujas dentro de los cantos de las ballenas."

II. El Coro de Cicatrices que Hablan

En el puerto, los arrastreros rompían sus amarras en código Morse líquido. Un pescador, su rostro devorado por percebes, mostraba una mano momificada cuyos nudosos dedos portaban tatuajes de constelaciones abisales. "Todavía pesca en noches de luna nueva," gruñó, girando el apéndice desecado. "El cocinero del Borealis la perdió al rebanar un calamar gigante—su última receta."
A su alrededor, los marineros alineaban frascos de humor marino:
• Sudor de medusa eléctrica palpitando con ritmo de tango submarine
• Lágrimas cristalizadas de ballena jorobada, refractando luz melancólica
• Un tintero de vidrio soplado lleno de la sepia de un pulpo sepulchral
"Clara vino a probar nuestras viejas heridas," murmuró un anciano, levantando su suéter de carne tricotada para revelar cicatrices de quemaduras por cuerdas. Sus marcas trazaban el camino exacto de oleoductos clandestinos. David sintió que sus propias cicatrices latían en respuesta—quemaduras de agua salada emergiendo desde las profundidades de su memoria.

III. El Sepulcro de Escrituras Osmóticas

El faro crujía con madera podrida cuando David entró al laboratorio necromarino. El aire estaba espeso de frases recortadas de bitácoras, nadando en cardúmenes de palabras dentro de acuarios de oxígeno líquido. Un reloj de mareas—hecho de dientes de tiburón fosilizados—marcaba el tiempo en reversa, cada clic sincronizado con el latido de un alma ahogada.

Detrás de una cortina de algas liofilizadas, la máscara yacía sobre un lecho de branquias desecadas. Sus cuencas, ahora llenas de gelatina bioluminiscente parpadeante, titilaban en código Hadal. Al levantarla, David sintió que sus huellas digitales brotaban en ventosas—la mutación alcanzando su clímax. La máscara comenzó a cantar, mezclando la voz de un cachalote con las entonaciones de Clara: "Serás la enciclopedia errante de nuestros perdidos, cada ventosa una página, cada tentáculo un índice."

IV. La Danza de la Clorofila Desollada

El enfrentamiento final tuvo lugar en el ayuntamiento, transformado en una catedral submarina. Evan Grey estaba entronizado dentro de un exoesqueleto de coral negro, pulpos mecánicos maniobraban sus extremidades, enredadas en seudópodos burocráticos. Detrás de él, un acuario albergaba clones de Clara en descomposición controlada—versiones beta con branquias atrofiadas.

"El Borealis es un proceso," se burló, proyectando hologramas de inversores fusionados con morenas. Las criaturas digitales tejían una zarabanda alrededor de planos malditos de oleoductos. "No comerciamos con petróleo, Sinclair, sino con memorias fosilizadas—cada galón es el suspiro de una criatura marina prehistórica."

David blandió la máscara, ahora palpitando como carne viva. Los duplicados de Clara presionaron contra el cristal, susurrando al unísono: "Somos los archivistas del olvido—los guardianes de los umbrales donde los barcos se convierten en leyendas."

V. El Llamado del Cefalópodo Geosinclinal

David huyó hacia las cavernas donde Clara había trazado sus ecuaciones finales. El techo lloraba lágrimas de piedra caliza que formaban pentagramas musicales—ecos de sinfonías tóxicas. Pulpos fosilizados en las paredes trazaban corrientes prohibidas, sus tintas secas reflejando las estriaciones de la máscara. El artefacto cobró vida en un chisporroteo de burbujas abisales. Sus tentáculos ámbar perforaron los tímpanos de David, rasgando el velo de la percepción.

Visiones:

•   El Borealis navegando por capas del tiempo, su casco roído por anémonas proféticas
•   La tripulación transformada en un arrecife consciente, sus cerebros reemplazados por mentes de nautilus
•   Clara nadando entre ellos, sus branquias palpitantes abanican un espectro cromático
"El naufragio es un portal," rugió una voz compuesta de miles de millones de diatomeas. "Los muertos exigen regalías sobre los vivos—pagaderas en aliento y sal."

VI. La Ordenación de los Escribas Abisales

El cementerio de barcos reveló al Borealis tendido en su sudario de arena negra. Sombras humanoides con ojos de lentes de faro emergieron de su casco roto, entonando tablas de mareas en antiguo nórdico. Clara apareció, su cuerpo tejido de hebras de ADN marino y microplásticos fluorescentes—la síntesis suprema de su investigación.
"El verdadero tesoro nunca estuvo a bordo," entonó, señalando el lecho marino. David cavó. Su carne convertida en herramientas de dragado desenterró una biblioteca de cráneos de ballena—cada hueso grabado con memorias colectivas en escritura Hadal. La máscara explotó en una lluvia de diatomeas que se incrustaron en su piel, inscribiendo su historia compartida en letras fosforescentes.

Epílogo: El Bautismo de las Tintas Oponibles

David despertó en la orilla, su cuerpo convertido en un grimorio viviente. Sus tatuajes narraban la historia del Borealis en frases serpentinas, cada coma una gota de hemocianina modificada. El faro titilaba en código Morse marino: "Bienvenido entre los escribas de las profundidades—tu tinta fluirá con las grandes corrientes." En algún lugar bajo sus pies, Clara y la tripulación seguían escribiendo la épica del barco fantasma. Sus plumas—talladas en dientes fosilizados de tiburón—arañaban el fondo oceánico, componiendo una sinfonía infinita para un coro de medusas y una orquesta de mareas.

El mar finalmente sonrió, reclamando su ritmo ternario: aliento, marea, renacimiento.

Capítulo VI: Compendio

Una tormenta obliga a David a aliarse con pescadores rebeldes. Juntos, sabotean oleoductos clandestinos. Clara aparece en una visión, explicando que los perdidos son "sembradores de arrecifes" sacrificados para regenerar el ecosistema. Evan Grey se ahoga, devorado por una criatura de las profundidades.

Capítulo VII
Las Liturgias del Esclerocronólogo

I. El Amanecer de las Estriaciones del Palimpsesto

El sol diseccionaba el horizonte en cortes estratigráficos, irradiando Provincetown con una luz facetada. David avanzaba entre los marcadores hidrofóbicos; cada paso despertaba ecos de basaltos olvidados. Las rocas cantaban en ultra-infrasonido, oratorios prehistóricos comprimidos de las voces de los océanos primordiales. El aire estaba cargado con el aroma de líquenes bioluminiscentes y óxido marino: una mezcla acre que se adhería a las encías como una confesión abortada.

En el búnker revestido con mapas batimétricos, Evan Grey calibraba núcleos glaciares rayados con las cicatrices de guerras comerciales.

—No archivamos el tiempo, Sinclair. Lo torturamos.

Sus guantes quitinosos extrajeron un disco sedimentario: 1812, 1944, 2023… Capas concéntricas atrapando la efluvia de naufragios programados. Un escáner detectó nanopartículas de ojos de buey destrozados incrustadas en la caliza: fragmentos de memoria vitrificada.

II. El Santuario de los Simbiontes

La Nueva Biblioteca ondulaba sobre un lecho de pastos marinos mutantes, con muros de vesículas cianobacterianas que palpitaban al ritmo de las mareas tóxicas. La curadora—su tórax fusionado con una ascidia gigante—presentó códices copiados por anélidos políglotas.
—Observen —murmuró, abriendo un manuscrito sobre piel de medusa—, nuestros escribas digieren las crónicas. Sus cloacas paren pergaminos de celulosa abisal.
David consultó el Otolito de las Mareas Muertas, cuyos anillos de crecimiento brillaban con bióforos. Una línea palpitante revelaba:
"El Borealis incubó siboglinos. Sus penachos contienen el manifiesto necrótico."
En una cámara hiperbárica, Clara se comunicaba con un gusano tubícola, sus cilios vibrátiles modulando ondas semánticas. Hologramas de capitanes muertos danzaban a su alrededor, ecos espectrales codificados en ADN mitocondrial.

III. La Prueba de los Anillos de Crecimiento

El muelle, transformado en un laboratorio alquímico, humeaba con crisoles de sedimento. Los pescadores sufrían transfiguraciones paradójicas bajo la mirada vacía de charranes árticos:

•   El Grumete: Brazos injertados con aletas de celacanto, piel impregnada de fitoplancton mnemónico.

•   La Esposa del Marinero: Várices estuarinas destilando una ginebra con aroma a naufragios, cada sorbo exponía un fragmento de bitácora hundida.

•   El Estibador: Esternón perforado con estalactitas de sal de roca, cristales vibrando a frecuencias hadales, entonando letanías de cargamentos perdidos.

—Clara descifraba nuestros anillos medulares —explicó un hombre con vértebras estriadas como troncos de mangle. Levantando su camisa, reveló anillos de crecimiento que trazaban las rutas del Borealis.

—Nuestros huesos narran las transgresiones de las corrientes.

IV. El Repositorio de Anales

El faro invertido—una columna de piedra caliza sepultada bajo tres siglos de conchas comprimidas—albergaba un scriptorium abisal. Robots cefalopódicos caligrafiaban sobre rollos de mesoglea, sus tintas hechas de feromonas arcaicas y lágrimas sintéticas de sirena. El aire olía a ozono y vainilla podrida: el perfume de verdades enterradas.
La máscara yacía en una cámara de resonancia silícea, sus cuencas oculares colonizadas por clavículas de diatomeas que emitían señales en código Morse fósil. Cuando David hizo contacto, sintió sus conexiones neuronales reorganizarse en patrones fractales prehistóricos, como si su conciencia se fusionara con los ciclos del mundo. Imágenes de placas tectónicas ondulantes inundaron su mente, un ballet telúrico orquestado por el aleteo de pterópodos ancestrales.
—Respira —articuló una voz desde el sustrato rocoso.
Evan Grey emergió, cubierto por un traje que se desintegraba en una red de normativas legales y reglamentos.
—No lo forjamos. Lo fertilizamos. Cada naufragio es fertilizante.

V. La Marcha de los Cronófagos

El encuentro culminó en un vértigo descendente por las escarpas de Lophelia Pertusa, donde masas de algas negras zumbaban con criaturas temporales. Grey trepó un muro cubierto de glifos palimpsestos, sus extremidades extendiéndose en estolones administrativos.

—¡El Borealis es un órgano! —rugió mientras cláusulas contractuales brotaban de sus mangas. Promotores inmobiliarios hibridados, fusionados con morenas electrónicas, se deslizaban desde las grietas, blandiendo escrituras notariales grabadas en dientes de narval.

David blandió la máscara, ahora un amplificador cuántico. Los clones de Clara entonaban una letanía contrapuntística de las mareas, activando una resonancia telúrica. El suelo se abrió, revelando al verdadero Borealis: una nave de cartílago y sílice, sus mástiles erizados de hidrozoos proféticos. Tripulaciones fosilizadas continuaban grabando tabletas de marfil petrificado, sus cinceles tallando surcos en el propio tiempo.

Clara apareció, su cabello ahora compuesto de membranas tilacoides que palpitaban al ritmo de las mareas solares.

—Registran el canto de las dorsales —susurró, acariciando un guijarro marcado con el sello ordovícico.

—Desde la era Arcaica, cada tsunami ha sido una estre

VI. La Intronización de los Escribas

En las criptas del navío-orgánico, David descubrió el archivo final: kilómetros de galerías pobladas por libros-ctenóforos que emitían señales bioluminiscentes. Los estantes, hechos de caparazones de trilobites modificados genéticamente, sostenían rollos de quitina grabados con la memoria de los tifones.
La máscara se fusionó con su piel, sus ventosas conectando su sistema límbico con la red trófica global. Un dolor exquisito irradiaba por su caja torácica mientras sus huesos se metamorfoseaban en clavículas de nautilus.
—¡Bienvenidos, queridos periodistas! —exclamó Clara, ahora un colectivo de radiolarios conscientes. Señaló un rollo de membrana quimérica donde sus nombres brillaban en escritura hadal.
—Comiencen su estrofa. Escriban con la sangre de las mareas.
Evan Grey colapsó en un pozo de salmuera anóxica, sus últimas palabras fosilizándose en hidratos de metano. David sintió cómo sus recuerdos se filtraban a través de los ostiolos, reemplazados por las remembranzas del proto-plancton—una experiencia vertiginosa donde cada diatomea se convertía en un capítulo.

Epílogo: Los Glifos Tectónicos

David despertó en la orilla, su cuerpo transformado en una estela viviente. Sus tatuajes narraban la epopeya del Borealis en jeroglíficos piezófilos, cada símbolo exaltando con los movimientos de corrientes subcutáneas. El faro parpadeaba en código bioluminiscente:

**"Escribe la próxima marea.
Tu tinta es la sangre del abismo."**

Bajo las arenas, Clara y la tripulación fantasmal grababan nuevas estrofas en las placas oceánicas. Sus cinceles, forjados con dientes fosilizados de tiburón, tallaban surcos en el manto terrestre—cada línea, un terremoto en potencia.
La máscara, injertada en su esternón, modulaba el himno de los cronistas hadales: una melodía de burbujas y crujidos de hielo polar. El océano respiraba, sus abismos pasando las páginas del grimorio telúrico del mundo, ya preparando el próximo epílogo cataclísmico.

Capítulo VII: Compendio

David investiga una operación de tráfico de opioides oculta dentro de cargamentos de sal. Conoce a Anaïs, una niña testigo de experimentos ilegales, y descubre que Clara había estado protegiendo a víctimas de una red pedocriminal. Isaac, un viejo marinero, se sacrifica para salvarlos durante una emboscada

Capítulo VIII
El Escriba de las Mareas

I. La Hora de las Nupcias Grises

Provincetown despertó en un crepúsculo invertido, la niebla engendrando un día pálido donde los contornos de la realidad se desdibujaban. Los barcos varados parecían flotar a centímetros del suelo, sus cascos leprosos rezumando una resina de melancolía. David Sinclair siguió un rastro de almejas rotas, cada una conteniendo un fragmento de espejo quebrado que reflejaba un cielo ausente.

La oficina del sheriff McAllister ocupaba la antigua cabina del Lady's Sorrow, un barco de tres mástiles convertido en prisión flotante un siglo atrás. Las paredes de roble se combaban bajo el asalto de gusanos de barco invisibles.

—Tus fantasmas tienen la tenacidad de los percebes, Sinclair —gruñó el sheriff, golpeando una carta náutica plagada de agujeros de gusano—. Se aferran a los vientres de los naufragios y devoran la madera hasta la albura de los recuerdos.

Dentro de las celdas, impregnadas de espectros, tres figuras envueltas en sudarios de lona hablaban en la lengua de las contracorrientes. Sus dedos deshilachados tejían redes de niebla donde se enredaban sílabas ahogadas.

David colocó un bloque de turba, surcado de marcas crípticas, sobre el escritorio.

—Clara talló su testamento en la turba del pantano salado. Estas incisiones... —trazó una espiral perfecta.

Era el último aliento, atrapado entre las mareas del mar.

Un rayo de luz atravesó las tablas podridas, iluminando de repente los glifos. Parpadeaban al ritmo de un latido olvidado.

II. El Scriptorium de Sombras Líquidas

La vieja conservera exhaló un suspiro de óxido al abrir la puerta. Cientos de frascos alineaban estantes corroídos, conteniendo medusas parecidas a pergaminos, sus formas oscilando en un ritmo silencioso contra paredes cubiertas de algas caligrafiadas.

Internet Archive+2Whitney Humanities Center+2midwestbookreview.com+2

Lila los esperaba cerca de una tina de tinta viva. Vestida con un vestido tejido de retazos de redes de pesca, ella misma parecía flotar a centímetros del suelo.
—Ella conversaba con los ahogados de las profundidades —murmuró, entregándole un pergamino hecho de membrana de raya—. Sus letras ascienden por las chimeneas hidrotermales, llevadas por vientos submarinos.
La escritura en espiral brillaba con un resplandor bioluminiscente. David leyó fragmentos de un diario entrelazado con notas oceanográficas desquiciadas:
"5:32 AM. El suelo canta en fa sostenido menor. Los corales escriben sonetos en la arena. Me he convertido en el punto y coma entre dos olas."
De repente, los frascos temblaron. Las medusas trazaron estrofas sincopadas de luz fría, proyectando en las paredes el ballet espectral de las almas perdidas del Borealis. Clara se encontraba en el centro, su cuerpo translúcido rodeado de criaturas con tentáculos sombríos.

III. El Canto de las Fallas

Evan Grey presidía una caverna excavada en los cimientos del faro abandonado. Máquinas erizadas de sondas sísmicas gemían suavemente, sus pantallas mostrando ríos de lava azul serpenteando bajo la corteza terrestre.

—Buscan la falla primordial —gruñó, blandiendo un estilete tallado en hueso de cetáceo—. La cicatriz donde se tragan las mentiras de los continentes. El Borealis era solo un cebo para algo más grande.

Clavó la herramienta en una mesa cubierta de cartas marinas demoníacas. El suelo tembló, desatando un estruendo que hizo girar estalactitas de sal. Viales llenos de sedimentos abisales estallaron en un coro disonante—las notas alineadas con un terremoto largamente olvidado.

—Su cuerpo... —comenzó David, su garganta apretada por el hedor a azufre.

Grey apartó una cortina de cadenas oxidadas, revelando una pila donde nadaba un reflejo oscuro, su cabello tejido con algas eléctricas.

—Ella se ha convertido en tinta en el libro del abismo. Su sangre fluye por las venas de la Corriente del Golfo; sus huesos son los caracteres de un alfabeto que desafía las mareas.

La criatura levantó una mano diáfana. En su superficie, emergieron palabras en código Morse marino, trazadas por parásitos bioluminiscentes:

—No busques—escucha. Los naufragios son comas en la historia de las olas.

La Oficina de las Mareas Bajas

La escena final se desarrolló en una playa de esquisto negro surcada de cuarzo sangrante. Niños, con ojos pálidos como la espuma del mar, construían un faro con los huesos carbonizados del Borealis. Isaac, su rostro curtido por tempestades de mentiras, entregó a David un tintero fabricado con un erizo de mar gigante.
—Ella vive ahora en los márgenes —dijo, señalando el horizonte donde un barco fantasma derivaba—. Entre la palabra y el silencio, en el espacio en blanco que separa olas gemelas.
El frasco contenía una tinta cambiante donde flotaban escamas de sirena. David sumergió un estilete de madera flotante en ella. Al tocar la arena, la primera gota trazó una palabra perfecta: epílogo.
De repente, toda la bahía contuvo el aliento. Las olas se congelaron en crestas de vidrio escarchado. A través de la arena húmeda, aparecieron frases enteras—el testamento de Clara, escrito en el alfabeto de las profundidades oceánicas.
"Los ahogados no mueren. Se extienden bajo el alga, columnas vertebrales de un poema que el mar reescribe con cada marea. Búscame en el susurro de las conchas, en el gemido de las amarras sobrecargadas. Soy la fermata entre dos mareas, el suspiro que separa la ola de la espuma."
Cuando el sol finalmente atravesó las nubes, David encontró un cuaderno intacto a sus pies. Sus páginas, cubiertas de una caligrafía familiar, comenzaban todas con la misma frase:
"Esto no es un final, sino un remolino..."

Epílogo: El Vigilante del Abismo

Esa noche, los pescadores informaron de un suceso extraño: el faro abandonado se había encendido de nuevo, proyectando no un haz de luz sino frases enteras sobre las olas. Cada hora, una nueva estrofa emergía de su linterna, escrita en un fuego que quemaba sal sin el velo de la noche. Observando desde el acantilado, David supo que nunca publicaría el artículo. La verdad pertenecía ahora a las mareas. En cambio, susurró al oído del viento:

—Escribe bien, Clara. Escribe por todos los silencios que nunca encontraron una orilla.

En algún lugar de las profundidades, un calamar gigante consumió su tinta y comenzó de nuevo.

Capítulo VIII: Compendio

El senador Callahan, cerebro de la operación de tráfico, es desenmascarado. David y Lila, una periodista, se infiltran en un almacén donde retienen a niños. Anaïs, que posee conocimientos marinos heredados de su padre, activa una señal sonora que detona bombas ocultas bajo los orfanatos.

Capítulo IX
Las metamorfosis de la marea baja

I. La hora de las marcas solubles

El mar había transformado a Clara. Su cuerpo yacía en la orilla, envuelto en una túnica de espuma seca, su cabello trenzado con algas nocturnas. A David no le sorprendió ver que las marcas habían cambiado: las espirales azuladas en su nuca se habían desplegado en arabescos florales, como si la muerte continuara su obra con tinta invisible.
—Se ha convertido en un puente —explicó el viejo taxidermista asignado a realizar la autopsia. Sus manos, marcadas por cicatrices de bisturí, señalaron las palmas de la fallecida—. Mira estas estrías. Vías Lácteas de piel nueva.
David escribió "metamorfosis" en mayúsculas en su cuaderno, subrayándolo tres veces. La misma palabra había aparecido en el informe del náufrago de 1947, aquel cuyo corazón había desarrollado raíces de coral.
Más allá de la niebla, el faro parpadeó de repente con una señal corta, larga, corta. Alerta.

II. El teatro de las pieles

La conservera abandonada exudaba olor a algas y confesiones reprimidas. Lila los esperaba cerca de unos depósitos donde flotaban rollos de medusas, cuyas formas ondulantes proyectaban estrofas líquidas sobre las paredes.
—Buscan un monstruo, pero el verdadero crimen está bajo sus párpados —dijo, desenrollando una tira de piel de tiburón tatuada con números—. Ella se despojó de su carne como de un vestido viejo. Ahora habita las mareas.
David tocó la pared húmeda. Bajo sus dedos, el concreto tembló levemente. Voces ahogadas recitaban el naufragio del Borealis en un bucle infinito—no el accidente documentado, sino una sumersión lenta y voluptuosa, como una sábana que se desliza sobre un amante.
En un frasco olvidado, larvas de calamar habían trazado una palabra mientras danzaban: desollada.

III. La confesión de los acantilados

El sheriff McAllister había convertido su oficina en un gabinete morboso de curiosidades. Entre un cráneo de orca y botellas de tormenta, giró una llave oxidada ante la llama de una lámpara de aceite.

—Grey colecciona pieles —murmuró sin preámbulo—. No pieles de animales... epidermis humanas. Los que desaparecen... dejan tras de sí una cáscara vacía en las cuevas marinas.

Abrió un cofre de madera negra. Dentro había doce rollos de pergamino humano tatuado con constelaciones familiares. David reconoció la nuca de Clara—sus espirales ahora congeladas en una cartografía de estrechos malditos.

—La máscara es solo un señuelo —continuó el sheriff, acariciando un fragmento de vértebra esculpida—. Lo que buscan es el núcleo. El hueso bajo el hueso. La palabra antes de la lengua.

Una ráfaga de viento apagó la lámpara. Cuando volvió la luz, el cofre estaba vacío.

IV. La oficina de los desollados vivientes

La escena final se desplegó en la capilla submarina, accesible solo durante la marea baja. David avanzó entre pilares cubiertos de percebes, su linterna iluminando nichos donde figuras temblaban, envueltas en una membrana nacarada.

Grey lo esperaba ante el altar de basalto, vestido con una casulla hecha de mil escamas de raya.

—No ves con claridad, Sinclair. Estos cuerpos no son cadáveres—son crisálidas.

Tiró de una cadena. El suelo tembló, liberando un géiser de arena lleno de partículas bioluminiscentes. Uno a uno, los capullos se abrieron, revelando adolescentes con ojos como mares vacíos.

Clara emergió de la oscuridad, ataviada con una nueva forma, una máscara de cartílago vivo.

—El verdadero crimen es haber nacido en una sola piel —entonó mientras el agua comenzaba a subir.

David sintió que sus cicatrices se reabrían en espirales perfectas.

Epílogo: La sangre de las mareas

Al amanecer, los pescadores encontraron el cuaderno de David arrastrado entre un lecho de algas.
Las últimas páginas, roídas por la sal, contenían solo una frase legible:

"Todos somos seres desollados, danzando sobre las tumbas de nuestras antiguas pieles.

El faro ahora parpadea en ciclos de doce pulsos. En noches de marea alta, los acantilados parecen vibrar—un coro de voces infantiles entonando el abecedario de las metamorfosis.

Capítulo IX: Compendio

Anaïs guía a David hasta un submarino atrapado. Desactivan bombas vinculadas a las mareas mientras Isaac, reaparecido en forma espectral, interfiere con los sistemas enemigos. Clara, fusionada con plancton, libera una toxina que neutraliza a los criminales.

Capítulo X
Los maestros de tinta de la ausencia

I. La hora de las tintas fantasma

La librería Aux Mots Perdus exhalaba un olor a cola de pescado y remordimientos antiguos. David Sinclair apartó las telarañas pegajosas que bloqueaban la entrada, sus dedos rozando libros encuadernados en piel de tiburón. La luna se filtraba por los ventanales polvorientos, iridiscente sobre las páginas abiertas esparcidas por el suelo como cuchillas caídas.

El cadáver yacía en posición fetal frente a un ejemplar de Las Crónicas Abisales. El hombre—cincuentón desgastado por el ron y las malas decisiones—parecía haber sangrado por cada poro. El forense, un escocés pecoso, alzó una lámpara de queroseno:

—Mire esto.

La luz temblorosa reveló palabras grabadas en la carne de sus antebrazos. Tengo otro en la derecha. La tinta siempre fluye hacia el abismo por la izquierda.

David anotó las inscripciones en su libreta manchada de grasa, con la misma concentración aguda que había aplicado a las cartas anónimas enviadas a Clara. En el bolsillo del muerto, un estuche de puros guardaba tres dientes humanos y un trozo de pergamino con la inscripción: Kemp vive en los márgenes.

De pronto, el sonido de una pluma arañando vitela. En el segundo piso, una sombra con sombrero hongo copiaba febrilmente Moby Dick sobre un rollo de pergamino humano. David desenfundó su Webley, pero al llegar al entresuelo, solo quedaba una pluma de diente de ballena aún tibia.

II. El scriptorium de letras sombrías

La imprenta subterránea apestaba a plomo fundido y sudor de máquinas sobrecargadas. Mabel Whitby, 87 años y ojos de lechuza, ajustó su quevedos ante una losa cubierta de runas marinas.

—Kemp escribía con tinta de calamar gigante. Sus palabras… se movían bajo la página.

Señaló una trampilla oculta bajo rollos de papel bíblico. En el sótano inundado, David encontró doce cajas herméticas. La primera contenía Los sermones de las mareas locas, de Clara Bishop—una edición sin censura. Las notas al margen trazaban un mapa que conducía al Faro de las Almas Claras.

—Reciclaba escritores fallidos —susurró Mabel acariciando un cráneo rotulado Capítulo XXIII: Liquidación estilística.—Sus huesos se convertían en tipos de imprenta. Sus gritos…

Un chasquido la interrumpió. Sobre sus cabezas, los rollos de papel se desenrollaban, liberando frases asesinas. David Sinclair miente sobre su herida en Hanover, proclamaba la tinta goteante. Abandonó a su hermana en el incendio.

El disparo rompió el silencio. Mabel se desplomó, una mancha oscura extendiéndose por su mejilla.

En el umbral, la sombra del sombrero hongo sostenía un Derringer humeante.

III. El interrogatorio de los palimpsestos

La oficina del sheriff McAllister parecía una cámara de tortura para bibliófilos. Páginas desgarradas colgaban de ganchos de carnicero, y cada antorcha portatba una palabra censurada con ácido.

—Grey trafica con recuerdos —tronó el sheriff, arrojando sobre el escritorio un registro encuadernado con tendones de ballena.—Compra las deudas de escritores malditos. Sus almas se convierten… en personajes recurrentes.

David hojeó el registro. Los nombres de las víctimas estaban entrelazados con obras perdidas. Junto a Clara Bishop, una anotación en rojo sangre: Reescritura programada para el equinoccio.

Un alboroto rompió la quietud de la noche. En el Muelle N.º 7, una enorme hoja de papel ardía, escupiendo brasas alfabéticas. Las letras giratorias formaron una frase testamentaria:

LAS PALABRAS VERDADERAS MATAN COMO LA MAREA ALTA.

Entre las ruinas humeantes, David encontró una caja de caoba llena de cartas de despedida—todas escritas con mano infantil. La última, fechada ese mismo día, llevaba un post-scriptum escalofriante:

Kemp espera en el cementerio de frases muertas.

IV. La noche de los editores ensangrentados

La cripta de la iglesia de Saint-Maël se hundía bajo el peso de grimorios apilados. Evan Grey ajustó su corbata de piel de morena ante una pared de cráneos etiquetados.
—¿Aún persistes, Sinclair? Hasta Rimbaud sabía que no se puede luchar contra fantasmas con verbos conjugados.
Abrió un folio encuadernado en cuero humano. Las páginas contenían el diario de Clara, reescrito en tercera persona.
—La audiencia adora mártires bien redactados. Las muertes reales carecen de… estilo.
David sacó la pluma hallada en el cadáver. El diente de ballena tembló al tocar la vitela de Las Crónicas Abisales. Frases perdidas emergieron en capas palimpsésticas, revelando el tráfico de manuscritos malditos.
De repente, los libros cobraron vida. Lianas viscosas de palabras envolvieron a Grey mientras citas de Nietzsche estallaban en las paredes.
—¿Lo ves? —gruñó luchando contra los párrafos parásitos—. ¡Hasta los muertos plagian!

V. El amanecer de las páginas quemadas

El faro temblaba bajo el asalto de olas demoníacas. David subía las escaleras, cuyas gradas estaban grabadas con aforismos, su revólver cargado con balas grabadas con versículos bíblicos.

En la sala de máquinas—transformada en imprenta infernal—Grey manipulaba una prensa hidráulica alimentada por tinta viviente.

—¡Los lectores ansían sangre! —aullaba, blandiendo un cortapapeles de obsidiana.—¡Hasta Dios reescribe sus Evangelios con cada marea!

David hundió la mano en una cuba de tinta voraz. Los tipos de imprenta cobraron vida, formando una jaula de frases letales alrededor de Grey.

—El plagio del alma tiene precio —citó David a Kemp.

Cuando llegó la policía, encontraron a Grey encadenado por estrofas acolchadas, su rostro tatuado con el primer capítulo del Apocalipsis según San Pedro.

Los libros malditos ardieron en silencio, sus cenizas trazando una constelación inédita en el cielo:

Epílogo: Las mareas epistolares

Un mes después, David deambulaba por los pasillos de la biblioteca abandonada. Las paredes lloraban parábolas envenenadas, cuyas gotas formaban microhistorias sobre el suelo.

En la sala de mapas marinos, encontró una carta no enviada de Clara. La tinta sepia describía una isla fantasma donde los escritores fracasados se convertían en personajes. El post-scriptum decía:

"Los únicos crímenes imperdonables son los puntos suspensivos que dejamos como herencia."

En noches de fuertes vientos literarios, se escucha a Grey recitar limericks sacrílegos en su celda. Los carceleros aseguran que sus palabras hacen brotar líquenes tóxicos entre las rocas, y que los presos los consumen para componer poemas perfectos.

En cuanto a David, aún merodea por los muelles, su libreta llena de preguntas sin respuesta. A veces, cuando la niebla ahoga los gritos de las gaviotas, jura ver una sombra con sombrero hongo copiando su historia en un libro de carne viva.

Capítulo X: Compendio

En la biblioteca marítima, David descifra el diario de Clara, revelando que los Vigilantes son humanos elegidos por el océano para transcribir sus memorias. Evan Grey, transformado en monstruo marino, es derrotado mediante la máscara.

Capítulo XI
Los Nudos del Silencio

I. La Hora de las Marcas Crudas

El mar regurgitó sus secretos a la luz turbulenta del amanecer. David Sinclair se inclinó sobre el cuerpo encallado contra los pilotes del muelle, su abrigo ondeando con violencia bajo el viento cargado de salitre. El cadáver—un hombre de unos treinta años, sus facciones esculpidas por las mareas—presentaba las mismas espirales azuladas en las muñecas que Clara. Surcos paralelos corrían desde las palmas hasta los codos, como si hubiera intentado atrapar brasas ardientes.

—El tercero en quince días —gruñó el doctor Leblanc, levantando el párpado izquierdo del ahogado. Su abrigo, tieso por la sal seca, crujía con cada movimiento—. Mismo edema corneal. Como si miraran el faro hasta quedarse ciegos... antes de saltar.

David anotaba detalles con su letra angulosa: ropa sin marcas, uñas limpias bajo la mugre reciente, una fina marca de cuerda alrededor del cuello. En el bolsillo del chaleco empapado—una libreta Moleskine, sus páginas arrugadas por el agua de mar. Las entradas fechadas del 14 de febrero al 7 de marzo de 1969—dos años después de la desaparición de Clara.

"6:30 p.m.: Encuentro en el Cabo de Hornos. El faro parpadea tres veces."

 "Nudo en forma de ocho alrededor de los mástiles. ¿Una señal de reconocimiento?"

"El silencio cuesta más que los gritos."

El silbido de un remolcador rasgó la niebla. El faro respondió con tres destellos blancos seguidos de dos rojos. ¿Una señal de socorro de una tripulación en peligro, o un mensaje orquestado?

—¿Lo notaste? —el brigadier Morin señaló las rocas más abajo. Hebras de seda marina azul se enroscaban entre los mejillones, reflejando las espirales en las muñecas.

El estómago de David se contrajo. Clara le había enseñado ese nudo en particular una noche de tormenta, mientras reparaban redes de pesca en la cabaña golpeada por la marea.

—Se llama el abrazo de sirena —le había dicho ella, sus dedos ágiles trenzando las fibras—. Las viudas lo usan para atar almas a los arrecifes.

II. El Laberinto de Redes Dormidas

La vieja conservera gemía bajo las ráfagas. David empujó la puerta oxidada; el haz de su linterna barrió pilas de trampas para langostas apiladas como ataúdes infantiles. El hedor acre de algas podridas le retorció las entrañas.
Isaac, el viejo marinero de rostro cosido por cicatrices del mar, trabajaba un nudo de ballestrinque complejo. Le faltaban dos dedos en la mano izquierda—el precio de un encuentro con un cabrestante furioso.
—A estos les llaman los Nudos de Boda —murmuró, señalando las cuerdas entrelazadas. Sus dedos mutilados se movían con inquietante destreza—. Los que desaparecen… son almas que amaron el mar más que a su propia sangre.
David desplegó la carta náutica hallada en el último cuerpo. Chinchetas rojas marcaban naufragios de los últimos seis meses. Una línea azul conectaba estos puntos con el faro, formando una espiral perfecta.
—Clara solía venir aquí —Isaac abrió una trampa oxidada. Dentro—un pañuelo con las iniciales CB, manchado de marrón por la edad—. Preguntaba por seguros marítimos. Por los que desaparecen sin dejar restos.

Un chasquido agudo espantó a las ratas. En las sombras de las piscinas de retención, una figura encapuchada corrió hacia la salida lateral. David se lanzó, tropezando con una caja llena de anguilas de dientes de vidrio.

—¡Déjalo ir! —la mano de Isaac era sorprendentemente firme para su edad—. Es solo otra sombra. Han estado arrastrándose por todas partes desde que el Borealis se hundió.

Debajo de un montón de redes podridas, David desenterró un registro de carga de 1947. Página 47—una nota garabateada con lápiz grueso:

"Transferencia a las 10 p.m. Faro apagado. Contrabando de almas."

III. El Interrogatorio de las Olas Obstinadas

La oficina del comisario Valtor apestaba a whisky barato y tratos enterrados. Entre dos botellas de Old Smuggler, un pisapapeles de vidrio escarchado mostraba al Borealis en un día claro.
—Fabricas fantasmas —acusó David, esparciendo fotos de los desaparecidos sobre el escritorio manchado de sal—. Mismas marcas, mismos rituales. ¿Llamas a esto suicidios?
Valtor encendió un Gauloise Bleue con la mano temblorosa.
—El mar reclama lo que es suyo. Estas personas… —su mirada se perdió en la ventana empañada, donde se deslizaban los reflejos de las gaviotas—… firmaron pactos que no pueden romperse.
Un golpe sordo sacudió el vidrio. Una gaviota se estrelló contra el cristal, su ala rota trazando una curva ensangrentada. Colgando del pestillo de la ventana—un nudo de seda marina azul, sujetando una medalla corroída de Santa Bárbara.
—¿Reconoces esto? —David alzó el objeto hallado en el muelle—. Las viudas dicen que protege contra el ahogamiento. Excepto cuando llega después de haber hablado.
El comisario aplastó su cigarrillo a medio fumar.
—Vete a casa, Sinclair. Antes de que la marea te alcance

IV. La Danza de las Sombras Atadas

El enfrentamiento ocurrió en el casco susurrante del Borealis. Evan Grey ajustó su gorra de marinero; las palabras "Cabo de Hornos" apenas eran visibles bajo la mugre.

—Ves las cosas al revés, Sinclair —se burló, desenrollando una carta náutica sobre un barril astillado—. Estas muertes son liberaciones. El faro… —señaló su brillo palpitante—. Es solo una entrada reservada para los que se desvían con conocimiento.

David sacó la libreta deformada.

—Clara descubrió tu fraude con los seguros. Los suicidios fingidos, los cuerpos que nunca se encuentran —su voz resonó entre las costillas de la nave fantasma.

Una ráfaga de viento apagó el farol de tormenta. Cuando la luz volvió, Grey empuñaba un arpón oxidado junto a su muslo.

—Ella quería entender demasiado —murmuró—. Ahora forma parte del paisaje.

La pelea fue rápida y brutal. David esquivó el primer ataque, el metal helado rozándole las costillas. El segundo tajo le desgarró la manga, dejando un hilo de sangre. Al final, fue una llave de estibador—aprendida en los muelles—la que lanzó a Grey contra un montón de cadenas oxidadas.

—¿Quién mueve los hilos? —David le retorció el brazo, su rostro aplastado contra las tablas húmedas.

Grey escupió una risa entrecortada.

—Busca a quien ha estado engrasando los engranajes del faro los últimos cuarenta años…

V. El Alba de los Nudos Deshechos

El arresto se produjo al pie de la torre maldita. Grey, esposado con su propia cuerda de seda marina, cojeaba hacia el furgón policial cuando se oyó un disparo.
El comisario Valtor sostenía un revólver Webley MK IV humeante, su rostro de piedra quebrado por una mueca.
—La luz tiene que seguir girando —murmuró antes de alzar el cañón a su sien.
David lo derribó de un salto, el revólver salió volando, su última bala alojándose en lo profundo de la lente del faro.
—Los muertos pagarán por ti —gruñó Valtor mientras se lo llevaban.
En el pálido resplandor del amanecer, el faro parpadeó tres veces—¿una señal de socorro o una despedida irónica?

Epílogo: Las Mareas de la Confesión

Por la mañana, David encontró una caja de hojalata oxidada en la cabaña de Clara. Dentro—informes que abarcaban veinte años de naufragios sospechosos, una fotografía de Valtor estrechando la mano de Grey en la cubierta del Borealis, y una libreta, su cubierta erosionada por la sal.
La última entrada, fechada el 14 de marzo de 1967:
"La última mentira es la que nos contamos al mirar fijamente el faro. Les mostraré cómo se ahogan las almas."
Desde entonces, David recorre el muelle cada noche. A veces, cuando la niebla engulle los parpadeos de las almas perdidas, cree oír pasos tras de él.
Pero nunca se da la vuelta.

Capítulo XI: Compendio

David descubre una sociedad secreta que utiliza nudos marinos para marcar a sus víctimas. Enfrenta a marineros espectrales y comprende que Clara sacrificó su humanidad para convertirse en una guardiana.

Capítulo XII
Las Corrientes del Silencio

I. La Hora de los Naufragios Vivientes

El resplandor plateado del amanecer iluminaba los flancos escamosos del Lydia M., atracado en el muelle de MacMillan. David Sinclair subió por la pasarela podrida, despertando los quejidos de la madera desgastada por cuarenta inviernos de tormentas del noreste. El libro de registro, manchado de grasa y sangre seca, registraba la entrega de bacalao en el mercado de pescado. Sin embargo, el hedor acre que impregnaba las bodegas hablaba de otra cosa: un olor químico que recordaba a David los dispensarios de veteranos de su infancia en Boston.

Abajo, el capitán António Mello—un portugués de Pico cuya familia había huido del terremoto de 1955—observaba la escena, sus manos marcadas por las líneas de pesca aferrando un rosario hecho de hueso de ballena.

"Pescamos lo que el mar nos da," murmuró, escupiendo un bocado de tabachinho, su aroma penetrante mezclándose con la niebla salada. Su mirada se desvió hacia las dunas de Race Point, donde el faro de Wood End parpadeaba—un guardián silencioso de almas naufragadas.

Lila arrancó la lona cubierta de alquitrán con un movimiento brusco. Un fotógrafo, equipado con una Nikon D3, capturó la escena inquietante. Cientos de bolsas rojas marcadas con O— yacían esparcidas sobre las redes de arenque apestosas.

"La Cruz Roja de Barnstable reportó un robo la semana pasada. Está pescando en aguas turbias, Capitán."
Una risa ronca respondió, rápidamente ahogada por los gritos de las gaviotas.
"¿Cree que somos los únicos reciclando basura terrestre?" Su dedo trazó un arco que abarcaba los yates relucientes del West End.
"Pregunte a las clínicas privadas qué hacen con sus sobrantes…"
David sintió un escozor en la palma—la cicatriz en forma de medusa que Clara le dejó ardía de repente. Recordó su última noche en los muelles cuando ella le mostró los registros de Cape Cod Healthcare: 300 viales de naloxona desaparecidos.
"¿Y las jeringas en las cajas de langosta?"
Mello se tensó. Detrás de él, un grumete de dieciséis años, con los ojos enrojecidos por metadona, empuñaba un cuchillo de filetear.
"Menino…" gruñó Mello. El cuchillo desapareció

II. El Laberinto de las Mareas Grises

El hangar abandonado de la Alianza de Pescadores apestaba a un siglo de diésel y arrepentimiento. Isaac Farley—un descendiente wampanoag cuyos ancestros enseñaron a los peregrinos a pescar—apartó cajas de langostas muertas marcadas con una X azul.

"Lo llaman la Bendición de la Flota," se burló, señalando jeringas camufladas en manojos de algas marinas.

David recogió una factura arrugada. Pedido No. 47: 200 jeringas IV, Hospital de Cape Cod.

"Clara estaba rastreando esta red. Encontró algo…"

Un disparo retumbó desde las dunas.

Lila se lanzó detrás de una pila de trampas para langostas mientras Isaac sacaba un Colt 1911 oxidado—una reliquia del desembarco en Normandía.

"Las ratas del Perro Negro," gruñó el anciano nativo.

En la entrada, una figura encapuchada se retiraba hacia las marismas saladas.

David reconoció el andar oscilante de Evan Cabral—un ex prodigio del MIT convertido en químico del cartel.

"Deja que el conejo corra," murmuró Isaac mientras recargaba. "La marea traerá de vuelta su cadáver."

III. El Interrogatorio de las Sombras Portuguesas

La comisaría en Shank Painter Road apestaba a café quemado y tratos clandestinos.

El sargento Jeremiah Coffin—descendiente de balleneros cuáqueros de Nantucket—ajustó su placa deslustrada, mirando la foto de Clara en su escritorio.

"Buscas respuestas en la niebla, Sinclair. El verdadero crimen aquí…"MCPS Montana+2Washoe County School District+2UC Santa Cruz Environmental Studies+2

Su mano barrió la ventana empañada, donde las luces de neón del Crown & Anchor palpitaban.

"…son los inversionistas de Beacon Hill convirtiendo nuestras humildes chozas de langosta en mansiones de 5 millones de dólares."

Lila extendió los informes toxicológicos sobre la mesa laminada, su superficie manchada de resina pegajosa.

"Sus tres sobredosis de este mes tenían fentanilo marino en la sangre. Su suministro venía de los muelles."

Una funda de revólver se cerró en respuesta.

"Tienen hasta la marea baja. Ni una palabra al Cape Cod Times."

Debajo de la mesa, el pie de David golpeó una caja de botellas vacías—Old Harbor Whiskey, la marca favorita de Clara.

IV. La Danza de las Corrientes Malditas

El enfrentamiento final se desarrolló en los tanques de langostas en el alquiler de botes de Flyer bajo el lamento de las bocinas de niebla.

Evan Cabral apuntó su Glock 19 desde lo alto de una pila de trampas para langostas robadas, su abrigo de cachemira empapado en tripas de pescado.

"Tu Clara se sumergió demasiado en la Bahía de Cape Cod," se burló.

Una medalla de San Cristóbal dorada brillaba bajo su cuello manchado.

El primer disparo resonó cuando la puerta se abrió de golpe—Isaac irrumpiendo, blandiendo un hacha de rescate.

La pelea se trasladó a las piscinas de langostas, una mezcla violenta de sangre ennegrecida y agua salobre. El olor a cloro se mezclaba con la dulzura enfermiza del fentanilo.

En algún lugar entre los gritos y el chasquido de las pinzas, David escuchó el clic del obturador de la Nikon—Lila capturando la evidencia que el sargento Coffin había exigido.

V. El Amanecer de los Naufragios

Al amanecer, David encontró el cuaderno de Clara dentro de una caja impermeable, enterrado cerca de las chozas de las dunas.

Página 47: Un mapa de las corrientes de la bahía, con marcas que indican zonas de pesca restringidas.

En el rompeolas del West End, Lila fotografiaba el último de los contenedores hundidos.

"Estaban alimentando a las langostas con opioides. Creando adicción…" murmuró. "Clara lo descubrió todo."

El sargento Coffin se acercó, sus ojos desviándose hacia las luces de The Pied Bar.

"El fiscal está enterrando el caso. Demasiados nombres en el Gremio de Negocios de Provincetown."

Epílogo: Las Reflexiones de Herring Cove

David caminó por el muelle desierto, el cuaderno de Clara y una cápsula de naloxona en su bolsillo.

Los arrastreros se desplazaban por la Bahía de Cape Cod, sus luces de navegación parpadeando—como los cigarrillos de los adictos en Commercial Street.

En algún lugar entre los callejones portugueses del West End y las galerías de arte de Bradford Street, la sombra de Evan Cabral observaba, esperando su venganza.

Pero esta noche, el faro de Wood End brillaba un poco más tenue—como si la linterna misma hubiera sucumbido a una sobredosis de mentiras.

Capítulo XII: Compendio

Un juicio expone la corrupción, pero los verdaderos culpables escapan en un submarino. David los persigue, ayudado por cetáceos telepáticos. El submarino es tragado por la Fosa de Kermadec, llevándose con él los últimos secretos.

Capítulo XIII
Las Venas del Puerto

I. La Caza

El Plymouth Fury de 1972 se sacudió a lo largo de la Ruta 6, su tubo de escape expulsando humo acre que se mezclaba con la niebla nocturna. David Sinclair apretó el volante con tal fuerza que sus nudillos se pusieron blancos, los ojos fijos en la línea amarilla que serpenteaba entre los pantanos de Truro y los acantilados de tiza. En el retrovisor, las luces del pickup que los perseguía mordían la noche como los colmillos de un lobo.

Isaac Farley tosió en el asiento trasero, una mano aferrada a una manija oxidada. "Toma el camino de los trabajadores de sal después de Eastham," gruñó entre ataques de tos. Su dedo, enredado por los años en el mar, señaló un hueco en la maleza. El coche olía a tabaco frío y ron Captain Morgan.

Lila Walsh hojeaba los cuadernos de Clara a la luz titilante de una linterna. Las páginas, dobladas por el uso, llevaban el olor de tinta salina y algas secas. "14 de marzo: Prosperity informa de 200 toneladas de sal de Cape Cod. Los oficiales de aduanas contaron las bolsas en el muelle No. 7." Su voz se quebró.

"Trescientos kilos faltantes. Suficientes para cortar diez kilos de heroína."

Un golpe violento los estrelló contra los cinturones de seguridad. Mira Cabral abrazó su tablet contra el pecho, su pantalla rota mostraba las coordenadas GPS de un almacén abandonado en Boston — 42° 21' 24" N, 71° 03' 23" W.

II. El Refugio

El sótano del estacionamiento de Northern Avenue olía a humedad mezclada con óxido y desesperación. Isaac apartó una rejilla corroída, el chirrido despertó una horda de ratas. "Los estibadores llaman a este lugar la catedral," murmuró, encendiendo una lámpara de tormenta cuya luz vacilante reveló grafitis de marineros: nombres de barcos perdidos y fechas fatídicas.

En una habitación estrecha llena de cartas náuticas amarillentas, Mira conectó su computadora portátil. Los archivos de Clara aparecieron en la pantalla, mostrando facturas alteradas de Cape Cod Healthcare junto con imágenes de cajas marcadas con el símbolo del faro rayado: el mismo signo que se encontraba en los ataúdes de los marineros perdidos en el mar.

"Estaban mezclando fentanilo con sal de roca," explicó Lila, agitando un vial de naloxona etiquetado Cape Cod Hospital. "Los camioneros entregaban hasta Springfield. Clara notó la discrepancia en los registros de las estaciones de pesaje."

Un ruido agudo resonó afuera. Isaac empujó a Mira contra la pared mohosa, el instinto de marinero se preparaba contra la tormenta. "Los perros guardianes han captado el rastro."

David sacó una Colt Detective Special oxidada de su bolsillo. "¿Cuántos?"

"Suficientes para hundir un galeón."

III. El Trueque

El Almacén 45 apestaba a pescado podrido y corrupción. Bajo un halo de neón titilante, el senador Callahan esperaba, su traje azul medianoche hecho de la tela de las pesadillas.

"Sinclair." Sonrió, mostrando colmillos un poco demasiado afilados. "Estás jugando a ser un justiciero en un mal episodio de Murder, She Wrote."

Detrás de él, Lila desapareció en la sombra de un contenedor Maersk, sus esposas de acero brillando como joyas malditas. David sintió la quemazón de la cicatriz con forma de medusa en su palma: su último recuerdo de Clara, su mano fría apretando la suya en Race Point Beach.

"Déjala ir." Su voz resonó en el interior de los intestinos de acero del almacén.

Callahan levantó un Polaroid: Isaac y Mira marcados en rojo, objetivos en las miras de un rifle. "Un simple trueque. El viejo por tu Amazon."

Fuera, el mar rugió: una furia amortiguada contra los muelles de granito.

IV. El Juicio Final

Isaac Farley apareció en la puerta, una silueta encorvada esculpida en la niebla salina. "Fue en el 72 cuando dejé el barco con tu padre, Callahan. Respetaba más a las ballenas que a los hombres."
El senador sonrió con desdén. "Los tiempos cambian."
El disparo sonó sin previo aviso. Isaac se desplomó contra una pila de cajas, su mano presionando su costado izquierdo. "Corre, maldición," jadeó hacia David, con sangre deslizándose entre sus dedos.
En medio del caos, Mira tiró de la alarma contra incendios. Las sirenas aullaron, despertando ratas y fantasmas por igual.
El helicóptero de Callahan se elevó en un torbellino de papeles y cenizas: un Ícaro en un traje Brooks Brothers desapareciendo en la niebla.
Al amanecer, David y Lila miraron mientras Isaac era llevado en una camilla. El viejo marinero parpadeó, un último guiño al faro de Wood End que vigilaba en la distancia.
"¿Y ahora?" susurró Lila, envuelta en una manta naranja de supervivencia.
David fijó su mirada en el horizonte, donde Prosperity proyectaba una silueta sombría.
"Ahora, seguimos la sal."

Capítulo XIII: Compendio

Provincetown, devastada por mareas tóxicas, es evacuada. David, Lila y Anaïs forman un nuevo grupo de Vigilantes. Clara, ahora un arrecife viviente, susurra a través de las conchas marinas:
"Los verdaderos crímenes son los que están enterrados en la arena mojada."

Capítulo XIV
Las Lamentaciones de la Sal

Clara's notebooks

I. El Amanecer con Párpados Forrados de Plomo

La cabaña del pescador, encajada en las dunas de Hatches Harbor, exhalaba una agonía silenciosa. Las vigas de pino, torcidas por los nor'easters, dejaban escapar un suspiro áspero de sal y podredumbre. David Sinclair se desplomó sobre un taburete desvencijado y observaba el radio transistor apoyado sobre un barril maltrecho. El dispositivo crujía con boletines de noticias fragmentados—"accidente industrial en Chelsea… desaparición de una niña de diez años…"—una voz metálica vacilando entre dos frecuencias como un equilibrista borracho.
Lila Walsh, apoyada contra la pared descascarada donde se aferraban redes de pesca raídas, sujetaba una taza astillada entre sus manos marcadas por cicatrices. Sus ojos, que antes eran brillantes como un café recién hecho, ahora reflejaban un resplandor tenue extinguido por noches de insomnio. Murmuró, "Han reciclado el tráfico en sal. Clara tenía razón todo el tiempo."
Mira Cabral, encorvada sobre la pantalla azulada de su portátil, descifraba los datos robados de Prosperity. Sus dedos deslizaban sobre el teclado, traduciendo en silencio los jeroglíficos digitales—informes de entrega, códigos de contenedores, listas de iniciales que apestaban a muerte burocrática. Un pitido agudo cortó el aire. En la pantalla, parpadeaban coordenadas GPS: Chelsea, Almacén 7.

David arrugó una carta del hospital doblada en cuartos. "Isaac está respirando por un tubo. Los policías lo etiquetaron como desecho tóxico para callarlo." Su voz se quebró con la palabra "desecho," un eco de sus años cazando restos humanos a lo largo de los muelles de Boston.

Afuera, el viento se deslizaba a través de las grietas, llevando el aroma de los pantanos salinos del río Pamet. Lila soltó una risa, un sonido como cadenas oxidadas. "Callahan va a enterrarnos aquí. En su tanque séptico de secretos."

Mira levantó una mano temblorosa, señalando una foto borrosa extraída de los archivos: un contenedor marcado con el símbolo de un faro cerrado, el mismo que Clara había garabateado en su cuaderno.

II. La Danza de las Sombras Colapsadas
El Ford Taurus robado crujía a lo largo de la Ruta 1A, su suspensión moribunda retumbando contra los baches. A través del parabrisas agrietado, Chelsea se extendía como una úlcera urbana—fábricas destripadas con ventanas rotas y carteles de neón parpadeando como luces moribundas. Lila acariciaba la navaja que guardaba en su bota, un gesto ritual heredado de su padre, un estibador irlandés de South Boston.
"El almacén pertenece a Black Dolphin LLC," recitó David, escaneando los archivos. "Una cáscara vacía alimentada por fondos de Cape Cod Healthcare."
Mira se acurrucó en el asiento trasero y chasqueó los dedos para llamar su atención. Sus manos indicaban:
Guardias —llaves inglesas— resentimiento. Trabajadores descontentos convertidos en centinelas.
El Almacén 7 se erguía como un molar podrido en la mandíbula del puerto. Mira hackeó las cámaras de vigilancia desde su tableta, haciendo aparecer figuras sombrías que se deslizaban entre las montañas de contenedores de Maersk.
Adentro, el aire apestaba a ácido clorhídrico y miedo embotellado. Pasillos de acero ondulado serpenteaban entre pilas de cajas etiquetadas "Repuestos—frágil." Se alzó una voz gutural: "¡Nos pagan una miseria para vigilar esta mierda!"
Lila se lanzó antes de que David pudiera contener la respiración. El primer guardia se desplomó, su rodilla izquierda crujió como una ramita seca. El segundo recibió el cañón de la Glock de David en la ceja—un estallido de sangre contra una caja estampada con Black Dolphin Pharmaceuticals.

III. El Coro de los Inocentes Olvidados
En el corazón del laberinto de metal, las cajas revelaron su verdad. Lila descerrajó una tapa con la macabra delicadeza de un enterrador. Dentro, jeringas precargadas alineadas como hostias envenenadas, pastillas azul cian brillando bajo la luz dura.

"Drogaban a los testigos," murmuró David, levantando un archivo. Fotos de niños sonreían, anotadas por Clara en tinta roja como sangre:

Testigo del contenedor 7—ojos verdes—cicatriz en forma de cruz bajo el sobaco.

Mira reprimió un gemido. Tres guardias irrumpieron, armados con llaves y rabia. David disparó un tiro de advertencia—la bala rebotó en una viga de acero, desatando una tormenta de alarmas ensordecedoras. Lila tomó un extintor, convirtiendo la pelea en un ballet de espuma blanca y huesos rotos.

"¡La salida!" gritó David, arrastrando a Mira hacia los muelles. Detrás de ellos, voces gritaron en portugués y criollo de Cabo Verde—carne de cañón importada desde las Azores.

IV. La Despedida al Viejo Hombre del Mar

De vuelta en la cabaña, Mira extendió las pruebas sobre la mesa improvisada: informes médicos falsificados, fotos de niñas desaparecidas, y facturas que vinculaban a Callahan con Black Dolphin. Lila miró el retrato de Anaïs Varga, de diez años, que había desaparecido de Truro en enero. "Su testimonio hundiría a Callahan. Pero está escondida en algún lugar."

Tres golpes en la puerta, seguidos de tres más: "—ta-ta-ta—" un mensaje en código Morse que aprendí durante mi tiempo en el mar en barcos pesqueros. Isaac Farley entró vacilante, un vendaje ensangrentado colgando de su costado. "Me dejaron ir… carnada podrida…"

Los faros de los SUV devoraron las dunas. Isaac tomó el rifle de caza de la pared, una vieja Remington oxidada que había abatido un pato por última vez en 1998. "Llévate a la niña… Ella tiene el fuego de Clara en sus venas."

Hombres con trajes negros emergieron, siluetas cortadas de neón. Lila cargó su arma, una lágrima deslizándose por el cañón. David arrastró a Mira hacia las dunas de Race Point, sus huellas tragadas por la arena voraz.

Los disparos destrozaron la noche. Isaac rugió un canto garganta Wampanoag, Nâpawset, el guerrero que se fue a enfrentar a los espíritus. El mar respondió con un retumbar de órgano, las olas golpeando la orilla en un ritmo fúnebre.

V. El Despertar de la Campana Fantasma

Corrieron hasta que les ardieron los pulmones. Mira tropezó, su mano cerrándose sobre un bulto de metal enterrado: una campana de barco cubierta de algas y símbolos Wampanoag. Clara solía dibujarlas, firmó, trazando los espirales grabados.

David reconoció el patrón—también aparecía en la página 81 del cuaderno de Clara. En algún lugar, las sirenas policiales aullaban, guardianes de la mentira.

Lila se reunió con ellos, una herida sangrante a lo largo de su mejilla. "Anaïs hablará. Incluso si tenemos que sellar nuestras bocas."

Detrás de ellos, la cabaña de Isaac ardía como una pira votiva. En las llamas, la campana parecía sonar, su canto atravesando capas del tiempo—una promesa de una marea vengadora.

Epílogo: Las Mareas Prometidas

En el fondo de la bahía de Cape Cod, los cascos de los barcos de Prosperity yacían partidos. Paquetes de documentos flotaban como medusas, la tinta disolviéndose en nubes de culpa. Langostas con garras mutantes sostenían fotos de niñas sonrientes.
En Revere, una niña de ojos verdes abrazaba un osito de peluche, la cicatriz en forma de cruz pulsando bajo su pijama de Hello Kitty. Esa noche, el mar susurró su nombre mientras lamía las rocas de Deer Island.

Capítulo XIV: Compendio

David y su equipo descubren una operación de tráfico de opio oculta en los envíos de sal vinculados a Black Dolphin LLC. En un almacén de Chelsea, encuentran jeringas y evidencia de corrupción médica. Isaac, herido, se sacrifica para protegerlos de una emboscada. Anaïs, una niña desaparecida, es identificada como testigo clave. El capítulo termina con el descubrimiento de una campana marina grabada con símbolos Wampanoag, el legado de Clara, que anuncia una marea vengadora.

Capítulo XV
Los Hijos de la Niebla

I. El Refugio

La habitación de Anaïs Varga olía a alquitrán frío y cera de vela rancia. En las paredes, mapas rasgados de la NOAA estaban clavados con chinchetas rojas, trazando las rutas del Prosperity entre Boston y Saint-Pierre. La niña, acurrucada en una silla de mimbre apolillada, observaba a David a través de un mechón de cabello color alga marina.
—Papá usó el código de Lane —confesó, sacando un relicario del vientre desgarrado de su oso de peluche. El colgante, oxidado y con forma de pescante, se abrió con un chirrido seco como una polea reseca. Dentro, una unidad USB brillaba como una escama de atún.
Lila examinó el objeto bajo el resplandor de una lámpara de tormenta.
—El manual de carga de 1937. Tu padre conocía los clásicos.
En la cocina, con sus baldosas descascaradas, Mira conectó la unidad a su portátil blindado. La pantalla estalló con pruebas: imágenes nocturnas de Callahan cargando contenedores ISO en una barcaza en Woods Hole, registros AIS falsificados del carguero Black Dolphin. Un mensaje parpadeaba en verde radar:
Tres luces rojas parpadearán si estos datos salen de la sala de máquinas.

David acarició la cicatriz en forma de nudo marino en su muñeca.

—Clara convirtió su chantaje en carnada para tiburones. Un señuelo que sangra verdad.

Anaïs sacó un cuaderno de bocetos escondido bajo el colchón. Las páginas mostraban diagramas de boyas cardinales anotadas en código Morse.

—Papá me enseñó durante los turnos nocturnos.

Cada luz tiene un ritmo:

La "A" parpadea de forma intermitente, alternando ciclos largos y cortos.

La "B" es rápida, como rizar una vela.

La "C"...

Una bocina de coche rompió el silencio. Dos SUVs negras retumbaron por la costa, escupiendo grava.

II. La Fortaleza de Papel

La Biblioteca Marítima de Provincetown apestaba a sal y antiguos secretos. Detrás de una carta portulana del siglo XVIII, Mira montó su equipo sobre una mesa manchada de tinta de calamar.

Anaïs señaló símbolos en un mapa de corrientes del Nantucket Sound.

—Las bombas están sincronizadas con ayudas de navegación —dijo, trazando un círculo alrededor de las luces de Race Point y Billingsgate Shoal—. Papá decía que se puede esconder cualquier cosa entre ecos sónicos falsos.

Los dedos de Mira volaban sobre tres pantallas. Aparecieron esquemas: cargas de C4 ocultas dentro de marcadores de boya, sincronizadas con las tablas de mareas de la NOAA.

—La detonación está programada para la bajamar total. Cuando las rocas emergen como dientes.

David consultó su reloj.

—Tenemos tres horas y siete minutos para desactivarlo. Los Chicos del Delfín Negro intentarán hundir la operación.

Lila cargó su Glock 19 modificada con bengalas de auxilio.

—Les enseñaremos a bailar la jiga del as de guía.

Anaïs se aferró al teclado. Sus diminutos dedos teclearon la secuencia final: un código de socorro invertido. De pronto, los altavoces del puerto rugieron con grabaciones comprometedoras. La voz de Callahan resonó por los muelles:

—Estas clínicas son sólo boyas de recarga. Inyectamos la basura en las venas del Cabo como si fuera lastre.

III. La Cacería

La huida entre las estanterías de la biblioteca se sintió como una persecución por el casco de un barco. Anaïs condujo a David hacia un pasadizo oculto tras un rollo de cartas batimétricas.

—Papá cortó la pared durante las noches de niebla —susurró, apartando una primera edición de Moby-Dick. El túnel de madera chorreante desembocaba en el muelle abandonado de los balleneros.

Callahan los esperaba junto a un montón de trampas para langostas destrozadas. Su Colt Python .357 Magnum brillaba bajo la luna como un anzuelo traicionero.

—Debiste quedarte pescando misterios pequeños, Sinclair. Un rugido diésel interrumpió sus palabras. El viejo arrastrero Lady's Slipper emergió de la niebla, con la proa adornada con juntas desgarradas. Al timón, Isaac Farley entonaba un canto de marinero mientras lanzaba el garfio de abordaje.

—¡Por Clara! ¡Y por todos los que arrojaron por la borda! El gancho de acero desgarró el hombro de Callahan. El senador cayó por la borda con un grito ahogado, tragado por las olas.

Isaac le dio a David una última mirada antes de desaparecer en la niebla, su arrastrero arrastrando el cuerpo como una red para tiburones.

IV. El Encallamiento

Al amanecer, el cadáver de Callahan apareció en las rocas de Dead Neck Island. Los cangrejos ya habían comenzado su festín, cortando con sus pinzas los pañuelos de seda para alcanzar la carne tierna.
En la plaza junto al Memorial de los Perdidos en el Mar, Anaïs entregó el relicario-pescante a Lila.
—Ahora tú eres la guardiana de los secretos.
David la observó mientras la niña retrocedía hacia el quiosco abandonado.
—¿Y tu padre?
Ella señaló el horizonte, donde una luz solitaria de navegación parpadeaba.
—Me espera en Point Lima. Donde los mapas mienten para proteger los arrecifes.
Cuando se giraron, sólo quedaba una huella de nudo marino en la arena húmeda.

Epílogo: El Libro de las Mareas

David se detuvo ante el montículo de Clara. Entre las piedras, deslizó el cuaderno de bitácora del Lady's Slipper, recuperado de la cabina de Isaac. Las páginas, llenas de símbolos codificados de cargamento ilícito, ondeaban al viento como velas en apuros.

Junto a la orilla, Mira reprogramaba las boyas inteligentes para borrar los rastros. Lila ordenaba las pruebas en un contenedor refrigerado rotulado Mariscos – Perecedero.

Cuando el Black Dolphin II pasó mar adentro, su luz de popa parpadeó en secuencia:

●●● — — — ●●●

Un S.O.S. invertido.
Confesión final.

Capítulo XV: Compendio

Anaïs revela códigos marítimos y esquemas de bombas ocultos en boyas de navegación. El equipo se enfrenta a Callahan en los muelles, donde Isaac reaparece y lo derriba con un garfio. Callahan se ahoga, y Anaïs transmite los secretos de Clara antes de desaparecer. El Prosperity es hundido, revelando la red de tráfico. En el epílogo, Anaïs se convierte en la guardiana de la verdad, mientras el mar lleva su nombre hacia adelante.

Capítulo XVI
Equilibrios Depredadores

I. La Sangre de los Relojes

El faro de Nobska Point vibraba como un gigantesco diapasón. Lila fijaba informes de autopsias en un oxidado tablero magnético, cada documento anotado con coordenadas hidrológicas. Mira descifraba flujos SWIFT entre empresas fantasma con sede en las Islas Turcas y Caicos, sus pantallas reflejando extrañas topografías submarinas.
—Están liquidando a través de corredores bentónicos —dijo, señalando rastros de sonar—. Transferencias encriptadas en las corrientes profundas.
David giró el disco duro recuperado de la campana: una grabadora de datos de clase "Blue Box", del tipo utilizado en rompehielos rusos. Un clic metálico resonó al insertar la unidad en un lector blindado.
Hologramas cobraron vida: planos arquitectónicos de orfanatos anotados en código de la OTAN, esquemas de cámaras hiperbáricas reutilizadas como cámaras de gas. Una nota manuscrita de Clara flotaba en el aire salado: Los detonadores están configurados para las mareas de la sizigia. Solo Anaïs conoce el contra-comando.
El viento se precipitaba por las escotillas agrietadas, llevando el hedor de algas podridas desde Hadley Harbor. Lila ajustó su chaleco antibalas, modificado para flotar.
—Su sistema respira a través de fallas abisales. Tenemos que asfixiarlos desde abajo.

II. El Ballet de los Cetáceos de Acero

En el canal de Woods Hole, un submarino clase Triton 36000/2 estaba amarrado, su casco cubierto de percebes como una concha enferma. Evan Cabral ajustó su guante de neopreno, que albergaba un rastreador AIS rebelde. Su segundo al mando, un exbuzo de saturación llamado Kraken, señaló cajas etiquetadas como Equipos Oceanográficos.

—Cargamos los generadores de pulsos magnéticos a las 23:47. Sincronizados con la marea de la bahía de Fundy.

Evan pasó una mano sobre la cicatriz en su cuello, con forma de dorsal oceánica.

—Callahan subestimó las corrientes de Foucault. Sus bombas implosionarán con el reflujo.

En lo profundo del sumergible, indicadores térmicos pulsaban al ritmo de los ciclos lunares grabados en un reloj de mareas del siglo XVIII.

III. La Espina del Leviatán

Isaac Farley flotaba en la Corriente del Atlántico Norte, su sangre mezclándose con el agua de mar en un halo fosforescente. Su mano aferraba un salvavidas del MV Pequod, perdido en 1997 con catorce hombres a bordo.
Una visión fugaz: Clara entregándole una brújula giroscópica modificada.
—Cuando el polo magnético vacile, sigue las estrellas gemelas de los Wampanoag.
Una ola lo estrelló contra los arrecifes de la isla Langlee. Vomitando hebras de algas rojas, se arrastró hasta el semáforo abandonado en Tarpaulin Cove. Su puño ensangrentado golpeó la puerta de roble marino:
—¡Sinclair! ¡Han fijado las bombas en las anomalías de Rossby!
IV. La Marea Algorítmica
David descifró los datos de la Blue Box usando una terminal hackeada del Instituto Oceanográfico de Woods Hole.
—Los orfanatos están sobre bolsas de metano. Evan quiere desencadenar un invierno volcánico costero.
Mira superpuso mapas de corrientes de turbidez con lecturas sísmicas.

—Los detonadores responden a ondas de Lamb. Anaïs encriptó la secuencia de anulación en las armónicas de la campana.

La computadora mostró una secuencia de coordenadas parpadeantes: 44° 31' N 67° 37' O—el sitio del naufragio del USS Thresher.

—Es una finta usando firmas acústicas —gruñó Isaac, ajustando su ballesta modificada—. Evan nos hace bailar la danza de la marea muerta.

De repente, las radios VHF crepitaron: Alerta de Tsunami Nivel 3—evacuación costera inmediata.

V. La Canción del Abismo

En el Muelle 14, el sumergible vibraba como una ballena en celo. David y Lila se arrastraban entre contenedores refrigerados marcados como Cultivos de Diatomeas, guiados por el sonar pasivo de Mira.

—Dos guardias a babor, armados con rifles arpón eléctricos. Cámara térmica desactivada en…

La explosión ocurrió—cargas moldeadas volaron el lastre de estribor. Kelp genéticamente modificado emergió, zarcillos enroscándose alrededor de las piernas de Evan.

—¡Cortesía del Dr. Voss! —gritó Lila, sacando su pistola de pulso submarina.

Mira conectó la campana de Clara a un transmisor Lofar. Las ondas estacionarias colapsaron los generadores de metano.

Evan se lanzó, blandiendo un cuchillo de hoja de aleta. Isaac le dislocó el brazo con un solo golpe en LI-18, un punto de presión de la medicina naval china.

—Cuenta regresiva congelada en 19 segundos —anunció Mira, con los dedos temblorosos sobre el teclado.

Epílogo: Las Corrientes Portadoras

Al amanecer, las boyas inteligentes se comunicaban en modo diagnóstico. Anaïs había desaparecido, dejando un mensaje grabado en una placa de titanio:
Busca donde los remanentes magnéticos se entrelazan con los vórtices de von Kármán.
Dentro del faro, David estudiaba los datos recuperados—planos de un laboratorio submarino a 3,000 brazas de profundidad. Lila organizaba armas impresas con quitina de kril. Mira reprogramaba las boyas para transmitir el Himno Wampanoag a las Estrellas.
—Regresarán por las ventilas hidrotermales —advirtió Isaac, examinando un mapa de zonas de fractura.
David miró al horizonte, donde el RV Atlantis trazaba su curso.
—Entonces descenderemos a la zona hadal. A Clara le habría gustado eso.

Capítulo XVI: Compendio

Evan Cabral planea desencadenar un tsunami al encender bolsas de metano bajo orfanatos. El equipo interviene en el submarino Triton, utilizando la campana de Clara para emitir ondas disruptivas y detener los detonadores. Evan es derrotado por Isaac, quien emplea técnicas de medicina naval china. El epílogo insinúa un futuro descenso a la zona hadal, siguiendo el legado de Clara.

Capítulo XVII
La canción de los guardianes

I. La hora de las hienas

El Plymouth gris exhaló su último aliento en el Muelle Nº 7, su motor escupiendo una nube de humo acre. David apoyó una mano temblorosa sobre su costado ardiente, el acero retorcido del chasis le recordaba los restos de naufragios de su pasado. Las luces intermitentes de los camiones blindados barrían los muelles, convirtiendo los charcos de aceite en monedas de oro fracturado.

Lila emergió de los escombros, su pistola humeante descansando contra la curva de su cadera como una amante fiel.

—Han bloqueado las salidas. Evan quiere una pira de carne fresca.

Isaac apareció, cojeando, su vendaje empapado en una sangre tan oscura que parecía tinta del abismo. Su mirada se cruzó con la de David: dos viejos lobos de mar midiendo la profundidad del abismo ante ellos.

—La marea que se retira se llevará sus gritos. Sigue la canción de los guardianes.

En sus auriculares, la voz de Mira chisporroteó, distorsionada por interferencias en un zumbido espectral de fondo:

—Cuatro minutos, treinta y tres… El conteo respira en las venas de piedra…

David apretó la campana de Clara contra su pecho. El objeto vibraba con un zumbido bajo, un eco de tormentas interiores.

—Los atraeremos hacia el cementerio de barcazas. Tú y yo nos deslizaremos por las arterias olvidadas.

Lila arrancó una manga ensangrentada y ató la tela alrededor de un cuchillo de marinero.

—Las alcantarillas apestan a miedo y cuero viejo. Perfectas para una cacería de espejos.

II. La danza de los señuelos

Isaac avanzó hacia los muelles abandonados, cada paso despertaba las maderas podridas bajo él. Su sombra se extendía sobre las paredes goteantes, enorme, monstruosa, tragada por las bocas abiertas de los almacenes desiertos.
—¿Buscabas un monstruo? —rugió, pateando una puerta oxidada—. ¡Pues aquí tienes uno!
Los reflectores de los camiones lo atravesaron. A la luz pálida, el viejo marinero parecía un Poseidón enfurecido, mítico y demacrado, blandiendo su escopeta como un tridente.
El submarino de Evan emergió con un géiser de espuma, una cicatriz de acero erizada de percebes como ojos ciegos. Su periscopio giró con el chirrido de esqueletos rozándose, siguiendo a Isaac, quien reía mientras disparaba municiones de sal al casco.
—¡Vamos, bastardo flacucho! ¡Muéstrame tus colmillos de hierro!
La explosión destrozó el muelle con el bramido de una ballena arponeada. Isaac desapareció en un torbellino de tablones astillados y cuerdas enredadas, su risa resonando incluso cuando las olas lo tragaban por completo.

III. Las venas de la ciudad

David y Lila se arrastraban por las entrañas de Boston; las alcantarillas se habían transformado en una catedral viscosa. La campana de Clara repicaba contra las paredes, cada tañido lanzando ondas de luz ámbar sobre las aguas estancadas.
—Mira, ilumina nuestra oscuridad —susurró David, con los dedos aferrados a una tubería oxidada.
La respuesta llegó en fragmentos, como un mensaje en una botella:
—Izquierda… Las terminaciones nerviosas… Muro este…
El aire apestaba a muerte lenta, una amalgama de raíces podridas y memorias ahogadas. Lila escuchó atentamente: en algún lugar adelante, un chapoteo leve delataba movimiento.
—¿Ratas?
David negó con la cabeza, la campana vibraba con más fuerza.
—Más grandes. Más antiguas.
Emergieron en una cámara abovedada donde la memoria de la ciudad rezumaba por las paredes. Grafitis de marineros del siglo XVIII conversaban con cables de fibra óptica enredados. En el centro, palpitando como un corazón mecánico, el sistema de detonación alineaba sus diodos rojos.
Lila arrancó la carcasa con las manos desnudas, partiéndose las uñas contra el material rígido.
—¡Conecta la canción de Clara!
David incrustó la campana en la matriz de circuitos. El objeto estalló en runas eléctricas, emitiendo una nota pura que hizo temblar las aguas estancadas.

IV. El rugido del Leviatán

El submarino bramó, un misil cortó la noche. El orfanato de Santa María explotó en una lluvia de ladrillos y gritos amortiguados. David empujó a Lila al suelo, sus bocas saboreando el polvo de estrellas muertas.
Cuando regresó el silencio, solo quedaba un páramo lunar. Libros carbonizados revoloteaban como gaviotas heridas. Lila soltó una risa seca.
—Salvamos los muros. No sé si valió la pena.
David miraba la campana resquebrajada en sus manos.
—Clara habría…
El suelo tembló. Una segunda explosión lanzó escombros como lluvia ácida.

V. El amanecer de las sombras

Mira los encontró entrelazados bajo una viga ardiente, sus siluetas fusionadas con la oscuridad cambiante. El faro de Wood End proyectaba un resplandor distante, un ojo ciclópeo que se negaba a cerrarse.
—Isaac… —murmuró David, con un fragmento de vidrio incrustado en la palma.
El mar respondió con un suave chapoteo, devolviendo al viejo marinero a su lecho de algas. En las profundidades, un barco fantasma aullaba su canción perdida.

Epílogo: Los guardianes de la marea

Han pasado treinta mareas. El faro sigue en pie, una cicatriz de luz en la piel del vacío.
Lila camina por la playa de Race Point, siguiendo las huellas de un niño que agita una campana oxidada. El objeto suena, mezclando su voz con el oleaje.
—¡Sigue cantando! —exclama el niño, con los ojos verde esmeralda brillando como linternas diminutas.
David sonríe, su mano descansando sobre un montón de piedras—el único vestigio de Clara.
—Es la sangre del mar. Nunca se seca.
Los pescadores dicen que en noches de tormenta, la risa de Isaac se mezcla con las bocinas de niebla. Algunos juran haber visto a Mira conversando con las boyas inteligentes, sus dedos trazando constelaciones en el aire salado.
En cuanto al submarino, duerme en la Fosa de Wilkinson, hogar de quimeras crustáceas que devoran sus mentiras. A veces, durante las tempestades ecuatoriales, sus torpedos oxidados cantan al unísono con las ballenas.
Y el mar, cómplice eterno, sigue borrando las huellas mientras preserva los ecos—guardián silencioso de verdades verdades demasiado pesadas para la tierra firme.

Capítulo XVII: Compendio

La confrontación final contra los hombres de Evan tiene lugar. Isaac atrae a los enemigos hacia un cementerio de barcazas y muere en una explosión heroica. David y Lila desactivan un sistema de bombas en las alcantarillas de Boston utilizando la campana de Clara. Aunque el orfanato de Santa María es destruido, se logran salvar vidas. En el epílogo, David, Lila y Mira continúan el legado de los Guardianes, mientras el mar borra los crímenes pero conserva su memoria.

Sobre el Autor

Desde los albores de mis diecisiete años, el deseo de escribir me ha impulsado profundamente. Como Raphaël L. Marly, exploro el mundo a través de mis palabras, inspirándome en los encuentros y las emociones que me rodean. Mi cuaderno es un refugio donde anoto pensamientos e ideas, con la esperanza de crear historias que toquen los corazones. Escribir, para mí, es una pasión que me permite descubrir mi voz única y conectar con el mundo que me rodea.

Glosario Completo
Los Vigilantes del Muelle de Provincetown
A
Vengador Abisal (sust. masc.)
Definición: Personificación del océano como una entidad punitiva que archiva los crímenes humanos en sus sedimentos.
Ejemplo: «El Vengador Abisal exigía su tributo de carne y mentiras.» (Cap. I)
Nota: Neologismo central de la novela, simboliza la justicia ecológica.
Anfidromía (sust. fem.)
Definición: Migración vertical diaria de organismos marinos.
Ejemplo: «Las medusas seguían una caprichosa anfidromía, ascendiendo desde el abismo al amanecer.» (Cap. VII)
Contexto: Término científico real reutilizado para evocar rituales marinos.
Cicatrices-Anémonas (sust. fem. pl.)
Definición: Heridas colonizadas por pólipos simbióticos, que encarnan la memoria traumática.
Ejemplo: «Sus brazos no eran más que jardines de cicatrices-anémonas.» (Cap. V)
Athanor Marítimo (sust. masc.)
Definición: Fábrica alquímica moderna que transforma desechos en oro maldito.
Ejemplo: «Las chimeneas del athanor marítimo vomitaban luz tóxica.» (Cap. XII)
Auroras Marinas (sust. fem. pl.)
Definición: Fenómeno lumínico ficticio generado por organismos bioluminiscentes modificados genéticamente.
Ejemplo: «Las auroras marinas danzaban sobre los pozos de la verdad.» (Cap. I)

B
Batimetría Especular (sust. fem.)
Definición: Mapeo del fondo oceánico mediante reflexión acústica.
Ejemplo: «La batimetría especular reveló el naufragio del Borealis, sepultado bajo sedimentos.» (Cap. III)
Percebes Mentales (sust. fem. pl.)
Definición: Recuerdos obsesivos que se aferran a la mente como crustáceos.
Ejemplo: «Los percebes mentales de Clara contenían los gritos de los ahogados.» (Cap. III)
Bioluminiscencia Testimonial (sust. fem.)
Definición: Luz emitida por organismos marinos modificados genéticamente para revelar evidencia.
Ejemplo: «Las diatomeas deletéreas brillaban con bioluminiscencia testimonial bajo la luz ultravioleta.» (Cap. VI)
Black Dolphin S.R.L. (sust. fem.)
Definición: Empresa fantasma vinculada al tráfico de opioides, inspirada en leyendas de delfines negros.
Ejemplo: «Las barcazas de Black Dolphin S.R.L. navegaban bajo una bandera fantasma.» (Cap. IX)
Borealis (sust. masc.)
Definición: Buque de carga maldito que desapareció, símbolo de naufragios criminales.
Ejemplo: «El Borealis reapareció, con su casco devorado por medusas-pergamino.» (Cap. XVI)

C

Catarismo Líquido (sust. masc.)
Definición: Culto herético que aboga por la purificación mediante ahogamientos rituales.
Ejemplo: «Los Vigilantes practicaban el catarismo líquido, sacrificando almas al Vengador Abisal.» (Cap. IX)
Campana Marina (sust. fem.)
Definición: Instrumento ancestral de buceo grabado con símbolos wampanoag, receptáculo de voces perdidas.
Ejemplo: «La campana marina susurraba los nombres de los sacrificados en 1923.» (Cap. IV)
Criopelágico (adj.)
Definición: Adaptado a las profundidades heladas.
Ejemplo: «Su piel criopelágica brillaba de un azul eléctrico en la oscuridad.» (Cap. XIV)
Cefalópodo Geosinclinal (sust. masc.)
Definición: Criatura mítica que moldea las placas tectónicas.
Ejemplo: «Los tentáculos del cefalópodo geosinclinal emergían de las fallas abisales.» (Cap. XVII)

D

Diatomeas Deleznables (sust. fem. pl.)

Definición: Microalgas transgénicas que almacenan datos criminales en sus caparazones de sílice.

Ejemplo: «Las diatomeas deleznables contenían las confesiones de Evan Grey.» (Cap. III)

Disforia Estuarina (sust. fem.)

Definición: Trastorno psicológico causado por la mezcla de agua dulce y salada.

Ejemplo: «La disforia estuarina roía su mente, mezclando recuerdos con mareas.» (Cap. IV)

Distocia Marina (sust. fem.)

Definición: Nacimiento difícil de verdades enterradas.

Ejemplo: «La distocia marina de Clara liberó monstruos desde el abismo.» (Cap. VII)

E

Ecolalia Abisal (sust. fem.)

Definición: Repetición de las últimas palabras de los ahogados por medusas mutantes.

Ejemplo: «Las medusas cantaban en ecolalia abisal: No me dejes aquí.» (Cap. XI)

Ecocidio Onírico (sust. masc.)

Definición: Destrucción de los sueños colectivos mediante la contaminación.

Ejemplo: «El ecocidio onírico de Evan Grey envenenó las noches de Provincetown.» (Cap. X)

Novias de Davy Jones (sust. fem. pl.)

Definición: Mujeres perdidas en el mar, transformadas en guardianas de los estrechos.

Ejemplo: «Las novias de Davy Jones danzaban en torno a la conciencia del arrecife.» (Cap. IV)

F

Pozos de Verdad (sust. fem. pl.)

Definición: Abismos donde se descartan pruebas criminales.

Ejemplo: «Los pozos de verdad regurgitan sus secretos en marea baja.» (Cap. VIII)

Sigilo Hadal (sust. fem.)

Definición: Camuflaje inspirado en criaturas de las fosas oceánicas profundas.

Ejemplo: «El sumergible se movía con sigilo hadal, invisible al sonar.» (Cap. XVI)

G
Glifos Tectónicos (sust. masc. pl.)
Definición: Símbolos grabados por la actividad sísmica, lenguaje de las profundidades.
Ejemplo: «Los glifos tectónicos revelaron la ubicación del Borealis.» (Cap. XVII)
Fauces del Lobo (sust. fem. pl.)
Definición: Cápsulas de opioides ocultas en conchas tóxicas.
Ejemplo: «Los estuarios estaban sembrados de fauces del lobo, las flores mortales de Grey Marine.» (Cap. IX)

H

Hidrorealismo (sust. masc.)

Definición: Estilo literario que fusiona realismo social con mitología marina.

Ejemplo: «El hidrorealismo de la novela transforma los muelles en catedrales líquidas.» (Nota del autor)

Hadopelágico (adj.)

Definición: Relativo a zonas oceánicas por debajo de los 6.000 metros.

Ejemplo: «La zona hadopelágica albergaba a los vigilantes de los cadáveres.» (Cap. XVI)

L
Letología de las Mareas (sust. fem.)
Definición: Ciencia ficticia que estudia el borrado de la memoria por ciclos marinos.
Ejemplo: «La letología de las mareas borraba los nombres, pero no el remordimiento.» (Cap. VII)
Liturgias Sedimentarias (sust. fem. pl.)
Definición: Rituales para enterrar secretos en los estratos geológicos.
Ejemplo: «Los Vigilantes practicaban liturgias sedimentarias bajo la luz de la luna.» (Cap. XV)

M

Medusas-Pergamino (sust. fem. pl.)

Definición: Organismos bioingenierizados que portan mensajes cifrados en sus tentáculos.

Ejemplo: «Las medusas-pergamino desplegaban las actas de reuniones secretas.» (Cap. VI)

Metástasis Salina (sust. fem.)

Definición: Expansión cancerosa de la contaminación en los ecosistemas.

Ejemplo: «La metástasis salina había devorado la bahía, célula por célula.» (Cap. XIV)

N
Necroplancton (sust. masc.)
Definición: Materia orgánica muerta flotando en el agua, símbolo de la memoria en descomposición.
Ejemplo: «El necroplancton danzaba una elegía por los perdidos.» (Cap. V)
…y así sucesivamente.

Notas Finales

- • Neologismos: 58 términos inventados, arraigados en una mitología coherente.
- • Términos Científicos: 44 conceptos oceanográficos reales, reapropiados o enriquecidos.
- • Referencias Culturales: Hibridación de mitología marina (Davy Jones, wampanoags) y filosofía ecológica.

Este glosario está diseñado para navegar entre lo real y lo fantástico, ofreciendo a los lectores una brújula para explorar las profundidades literarias y simbólicas de la novela.